KB056456

책장 뒤 비밀 공간에서

안네의 일기

글_ 안네 프랑크

1929년 독일에서 유대인으로 태어났다. 히틀러가 정권을 장악하자 가족과 함께 네덜란드로 이주했다. 네덜란드에까지 반유대법이 도입되자 1942년부터 독일 군대를 피해 가족들과 함께 숨어 지냈다. 일기를 쓰며 두려움을 달래고 희망을 가졌지만, 결국 1945년 수용소에서 목숨을 잃었다. 전쟁이 끝난 뒤 1947년, 《안네의 일기》가 출간되며 세상에 널리 알려졌다.

그림_ 유보라

일러스트레이터로 활동하며 그림책을 그리고 캐릭터를 만든다. 아이와 동물, 꽃과 풀, 그리고 어릴 적 누군가가 찍어 주던 사진처럼 행복하고 다정한 순간을 그리고 싶다.

옮김_ 고정아

연세대학교 영문학과를 졸업하고, 전문 번역가로 활동하고 있다. 옮긴 책으로는 《순수의 시대》, 《오 헨리》, 《비클의 모험》, 《아직 멀었어요?》, 《오만과 편견》, 《빨강 머리 앤》 등이 있다. 2012년 제6회 유영번역상을 받았다.

책장 뒤 비밀 공간에서

안네의 일기

글 안네 프랑크 | 그림 유보라 | 옮김 고정아

지학사아르볼

차 례

《책장 뒤 비밀 공간에서》는 시간 순서가 아닌, 주제를 중심으로 엮은 '안네의 일기'입니다.

성장 | 사랑 | 꿈 | 자아 정체성 | 은신처 생활

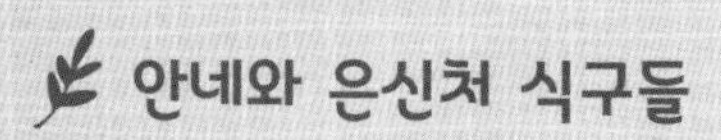

이야기 속에서 영원히 살고 싶어

안네와 은신처 식구들

프랑크 가족

안네 제2차 세계 대전 중 나치(히틀러가 이끈 정당)의 유대인 박해를 피해 은신처에 숨어 살며 그 생활을 일기로 기록했다. 글쓰기를 좋아해 기자, 작가가 되는 것이 꿈이었다. 은신처에서 쓴 일기를 바탕으로 《비밀 별채》라는 제목의 책을 내고 싶어 했다.
1944년 3월부터 일기를 고쳐 쓰기 시작했고, 그때 등장인물의 이름을 가명으로 바꾸었다. 판 펠스 가족은 판 단 가족으로, 프리츠 페퍼는 알프레드 뒤셀로 썼다.

마르고트 안네보다 세 살 많은 언니. 은신처에서 안네와 같이 공부하고 이야기를 나누는 친구 같은 존재다. 솔직하고 당찬 안네는 차분한 성격의 언니와 비교당하면서 어른들의 꾸지람을 들을 때가 많다.

오토 안네의 아버지로 사업가였다. 독일이 네덜란드를 점령한 후 유대인이 회사를 운영할 수 없게 되자 네덜란드인에게 넘겼다. 회사에 가족이 숨어 살 수 있는 은신처를 마련해 두었다.

에디트 안네의 어머니. 사춘기에 들어선 안네와 자주 갈등을 겪는다.

판 단 가족과 뒤셀 씨

페테르 판 단 판 단 부부의 아들로, 조용한 성격이다. 안네가 과거에 좋아했던 남자아이와 이름이 같다. 부모님과 함께 안네 가족 위층에 산다.

헤르만 판 단 본명은 헤르만 판 펠스. 안네의 아버지인 오토 프랑크의 사업 파트너이자 친구다.

페트로넬라 판 단 헤르만과 부부 사이로, 본명은 아우구스트 판 펠스. 안네를 자주 트집 잡아 안네와 사이가 좋지 않다.

알프레드 뒤셀 은신처에 가장 마지막으로 들어온 유대인 치과 의사. 본명은 프리츠 페퍼다. 안네의 룸메이트다. 안네는 함께 방을 쓰는 뒤셀과 자주 티격태격한다.

은신처 생활을 도와준 사람들

은신처 사람들이 생활을 꾸려 나갈 수 있었던 것은 주위 사람의 도움 덕분이기도 하다. 오토 프랑크의 회사를 이어서 운영해 나간 클레이만과 쿠글러, 사무실 직원이었던 베프, 오토의 비서였던 미프, 미프의 남편 얀 히스는 은신처에 생필품과 신문, 책 등을 가져다주었다.

주제 성장, 사랑, 은신처 생활

1942년 6월 12일

너한테는 모든 걸 털어놓을 수 있으면 좋겠어.

지금까지는 그럴 수 있는 사람이 아무도 없었어.

그리고 네가 나에게 많은 위안과 힘이 되었으면 좋겠어.

1942년 9월 28일에 안네가 덧붙인 말

지금까지 너는 내게 정말 큰 위안이 되었고,

내가 여기다 편지를 쓰는 친구 키티도 마찬가지야.

이런 식으로 일기를 쓰는 게 훨씬 좋고,

이제 나는 여기 글을 쓰는 시간이 기다려져.

아, 너를 여기 가지고 와서 정말 다행이야!

진정한 친구를 기다리며

나는 이 일기를 사실을 적어 두는 기록장이 아니라,

친구에게 쓰는 편지로 여길 거야.

오랜 기다림 끝에 찾아온 이 상상 속 친구를 더 또렷하게 만들기 위해서,

그 친구를 '키티'라고 부르겠어.

내 마음을 털어놓고 싶어

일기 : 상상 속의 진짜 친구

1942년 6월 14일, 일요일

먼저 너와 만난 순간부터 이야기할게. 테이블 위에 놓인 생일 선물들 중에서 너를 본 순간 말이야.

6월 12일 금요일, 나는 아침 6시에 눈을 떴어. 그건 놀라운 일이 아니었어. 그날은 내 생일이었으니까. 하지만 그 시간에 일어나면 안 되니까, 6시 45분까지 호기심을 꾹 누르고 있었어. 그러다 더는 기다릴 수가 없어서 식당으로 갔어. 고양이 모르티어가 내 다리에 몸을 문지르며 반겨 주었어.

7시가 지나자 나는 아빠와 엄마한테 갔다가 거실로 가서 선물을 뜯었는데, 네가 대번에 눈에 띄었어. 가장 좋은 선물 중 하나였던 것 같아.

장미 꽃다발, 모란꽃, 화분 등 식물도 있었어. 아빠하고 엄마는 파란색의 블라우스에다 파티 놀이 세트, 포도주스, 콜드 크림, 퍼즐, 돈 2.50

휠던[1], 그리고 책 두 권의 상품권을 주셨어. 엄마는 책 《카메라 옵스쿠라》(그런데 마르고트한테 이미 그 책이 있어서, 다른 걸로 바꿨어), 수제 쿠키, 사탕과 초콜릿, 딸기파이도 주셨어. 친할머니가 보낸 편지도 시간에 딱 맞추어 왔는데, 그건 당연히 우연이었지.

그 뒤 한넬리가 나를 데리러 와서 같이 학교에 갔어. 쉬는 시간에 선생님과 아이들한테 쿠키를 돌리다 보니 어느새 수업 시간이 되었어. 집에는 5시에야 왔어. 다른 아이들이랑 같이 체육관에 갔거든. 아이들은 내 생일이니까 무슨 경기를 할지 나보고 정하라고 했어. 나는 배구로 정했어. 나중에 아이들 전체가 나를 둘러싸고 춤을 추면서 "생일 축하합니다~." 노래를 불렀어.

집에 오니 잔네 레더만이 이미 와 있었어. 일제 바그너, 한넬리 고슬라어, 자클린 판 마르선은 체육 수업이 끝나고 같이 우리 집에 왔어. 다 나랑 같은 반이거든. 한넬리하고 잔네는 나랑 절친 삼총사였어. 우리가 같이 가면 사람들이 "저기 안네, 한네, 잔네가 같이 가네." 하고 말했어. 자클린 판 마르선은 유대인 학교에 와서 처음 만났는데, 이제는 자클린도 내 절친이야. 일제는 한넬리의 절친이고, 잔네는 다른 학교에 다녀서 거기 친구가 있어. 아이들이 나한테 예쁜 책을 주었어. 《네덜란드의 전설》이라는 책이야. 헬레네 이모는 퍼즐을 사 주셨고, 스테파니 이모는 예쁜 브로치, 레니 이모는 《산으로 간 데이지》라는 멋진 책을 주셨어.

---

1) 네덜란드의 화폐 단위

1942년 6월 20일, 토요일

일기를 쓰는 건 나 같은 사람에게는 아주 낯선 경험이야. 난 지금까지 일기를 쓴 적이 없어. 나 또한 그렇지만 어느 누구도 열세 살짜리 여학생이 쓴 글에 관심을 가질 것 같지 않거든. 하지만 상관없어. 나는 글을 쓰고 싶고, 그보다 더 큰 건 마음속을 털어놓고 싶은 열망이야.

'종이는 사람보다 인내심이 강하다.' 어느 우울했던 날 나는 이 말을 생각했어. 그날 나는 손에 턱을 괸 채 힘없이 늘어져 앉아서 집에 계속 있을지 밖에 나갈지 고민했지. 그러다 결국 집에 계속 있으면서 생각만 했어. 맞아, 종이는 인내심이 강해. 그리고 내가 '일기'라는 거창한 이름을 붙인 이 빳빳한 표지의 공책을 누구에게도 보일 생각이 없기 때문에 (나한테 진짜 친구가 생긴다면 그때는 예외지만), 이러건 저러건 상관없을 거야.

이제 내가 일기를 쓰게 된 이유로 돌아가겠어. 내게 친구가 없다는 거야.

이 말에는 설명이 필요할 것 같아. 열세 살짜리 여자애가 이 세상에서 완전히 혼자라는 말은 아무도 믿지 않을 테니까. 그리고 사실 나는 혼자가 아니야. 사랑 가득한 부모님이 있고, 세 살 터울의 언니가 있고, 친구라고 부를 수 있는 아이들이 서른 명 정도 있어. 내 팬이라고 할 만한 애들, 내게서 눈을 떼지 못하는 애들도 많아. 그 애들은 때로는 금이 간 손거울을 가지고 교실 속 내 모습을 훔쳐보기도 해. 나는 가족이 있고, 다정한 친척과 좋은 집이 있어. 그래서 겉으로 보면 모든 걸 가진 것 같지. 하지만 진정한 친구는 없어. 친구들하고 같이 있으면 그냥 재미있게 놀 생각뿐이고, 평범한 일상 이야기가 아닌 말은 꺼내지 못해. 나는 친구들과 거리를 좁히기가 힘든데 바로 그게 문제야. 우리가 서로 속마음을 털어놓지 못하는 건 내 잘못인지도 몰라. 어쨌건 지금 상황은 그렇고, 안타깝지만 앞으로도 변할 것 같지 않아. 그래서 이렇게 일기를 쓰기 시작했어.

나는 이 일기를 사실을 적어 두는 기록장이 아니라, 친구에게 쓰는 편지로 여길 거야. 오랜 기다림 끝에 찾아온 이 상상 속 친구를 더 또렷하게 만들기 위해서, 그 친구를 '키티'라고 부르겠어.

하지만 내가 당장 키티에게 이야기를 시작하면 아무도 그 말을 못 알아들을 테니까, 별로 내키지는 않지만 내 인생을 요약해서 적어 볼게.

내가 아는 최고의 아빠인 우리 아빠는 서른여섯 살에야 결혼했고, 그때 엄마는 스물다섯 살이었어. 언니 마르고트는 1926년에 독일의 프랑크푸르트 암 마인에서 태어났어. 나는 1929년 6월 12일에 태어나서 네 살 때까지 프랑크푸르트에 살았지. 그런데 우리가 유대인이라서 아빠는 1933년에 네덜란드로 이주했어. 그리고 잼의 재료를 생산하는 네덜란드 회사 오펙타의 이사가 되었어. 우리 엄마 에디트 홀란더 프랑크는 9월에 아빠와 함께 네덜란드에 왔고, 마르고트하고 나는 아헨에 있는 외할머니 댁으로 갔어. 그러다 12월에 마르고트가 먼저 네덜란드에 왔고, 나는 다음 해 2월 마르고트의 생일에 선물처럼 도착했지.

나는 네덜란드에 오자마자 몬테소리 유치원에 다녔어. 여섯 살 때 초등 과정을 시작했지. 6학년 담임은 교장인 쿼페뤼스 선생님이었어. 학년이 끝날 때 선생님도 나도 눈물을 흘리며 가슴 아프게 작별했어. 난 이제 유대인 학교로 옮겨야 했거든. 마르고트도 유대인 학교에 다녔어.

독일에 있는 친척들이 히틀러의 반유대인 법률 때문에 고생하고 있었기 때문에, 우리 생활에도 불안한 그림자가 드리워져 있었어. 1938년의 대학살 이후 외삼촌 두 분은 살길을 찾아 독일을 떠나 북아메리카로 가셨지. 외할머니는 우리 집에 오셨어. 그때 할머니는 칠십삼 세였어.

1940년 5월 이후로 우리 생활은 점점 고달파졌어. 우선 전쟁이 있었고, 네덜란드가 항복하면서 독일군이 네덜란드를 점령했고, 그 후로 유대인들의 고난이 시작되었어. 우리의 자유를 박탈하는 반유대인 법령이 연달아 선포되었지. 유대인은 노란 별을 달아야 한다. 유대인은 자전거를 반납해야 한다. 전차 이용을 금지한다. 유대인은 자기 자동차를 비롯해서 어떤 자동차도 탈 수 없다. 유대인은 오후 3시에서 5시 사이에만 장을 봐야 한다. 유대인은 유대인 소유의 이발소와 미용실만 이용해야 한다. 유대인은 오후 8시에서 오전 6시 사이에 길을 다닐 수 없다. 유대인은 극장을 비롯해서 어떤 종류의 유흥 시설도 이용할 수 없다. 유대인은 어떤 체육 시설도 이용할 수 없다. 운하[2] 이용을 금지한다. 오후 8시 이후에는 자기 집이나 친구네 집 정원에도 나와 앉을 수 없다. 유대인은

---

2) 배의 이용을 위해 육지에 파 놓은 물길. 암스테르담에는 운하가 매우 많다.

기독교인의 집을 방문할 수 없다. 유대인 학교만 다녀야 한다 등등. 이것도 할 수 없고, 저것도 할 수 없었지만, 그래도 인생은 계속되었어. 자크는 언제나 이렇게 말했지.

"그게 금지된 건지 아닌지 몰라서 나는 그냥 아무것도 안 해."

1941년 여름은 외할머니가 큰 병으로 수술을 받으셔서 내 생일은 그냥 지나갔어. 1940년 여름도 내 생일은 별 축하 없이 지나갔었지. 그때는 네덜란드에서 전쟁이 막 끝났을 때였거든. 할머니는 1942년 1월에 돌아가셨어. 지금도 할머니 생각이 자주 나. 올해의 생일 축하는 흘려보낸 지난 생일들을 보충하는 의미가 있어. 다른 촛불들 곁에 외할머니 촛불도 켜 놓았어.

우리 네 식구는 아직 잘 지내고 있고, 나는 1942년 6월 20일까지 살아서 이렇게 엄숙하게 일기에 바치는 글을 쓰게 되었어.

1942년 6월 21일, 일요일

키티에게

우리 반 전체가 벌벌 떨고 있어. 조금 있으면 선생님들이 회의를 해서 위 학년으로 올라갈 사람과 유급할 사람을 결정하거든. 아이들 절반이 내기를 걸었어. G.Z.와 내 뒷자리에 앉는 남학생 C.N.과 자크 코처노트는 방학 내내 모은 돈을 몽땅 내기에 걸었어. 그리고 아침부터 밤까지 "너는 올라갈 거야. 하지만 난 떨어져.", "아냐, 너는 올라가.", "아냐, 난 떨어져." 계속 그러고 있어. G.Z.가 제발 그러지 말라고 눈빛으로 호소하고, 내가 왈칵 화를 내도 달라지지 않아. 솔직히 멍청한 애들이 너무 많아서 우리 반 4분의 1은 유급해야 할 것 같지만, 선생님들은 세상에서 가장 예측하기 어려운 존재라서 말이야. 여자애들하고 나는 별로 걱정하지 않아.

우리는 올라갈 거야. 내가 아리송한 과목은 수학뿐이야. 어쨌건 우리가 할 수 있는 건 기다리는 일뿐이야. 그때까지 너무 걱정하지 말자고 서로에게 말하고 있어.

나는 선생님들하고는 사이가 좋아. 선생님은 모두 아홉 분이야. 일곱 분이 남자고, 두 분이 여자야. 수학을 가르치는 늙은 케싱 선생님은 내가 너무 떠든다고 오래전부터 나를 꾸짖곤 하셨어. 선생님은 몇 번 경고를 주더니 결국 나한테 추가 숙제를 주셨지. '수다쟁이'라는 제목으로 작문을 하라는 거야. 수다쟁이에 대해서 뭘 쓸 수 있을까?

그날 저녁 다른 숙제를 모두 마치고 보니 그 작문 숙제 메모가 눈에 띄었어. 그래서 만년필 펜촉을 씹으면서 생각해 보았지. 아무 말이나 막 하면서 띄어쓰기를 큼직큼직하게 하는 건 누구나 할 수 있어. 어려운 건 내가 왜 말을 해야 하는지 그 필요성을 논리적으로 설명하는 거였지. 계속 생각하다 보니까 아이디어가 떠올랐어. 그래서 케싱 선생님이 요구한 세 페이지를 채우고 만족했어. 나는 수다는 여자의 특징이고, 그걸 조절하기 위해 최선을 다하겠지만 습관을 버리지는 못할 것 같다고 했어. 우리 어머니도 나만큼, 아니 어쩌면 나보다 더 말이 많은데, 물려받은 성격은 어떻게 할 방법이 없다고 했지.

케싱 선생님은 글을 보고 웃으셨지만, 다음 수업 때 또 떠드니까 다시 숙제를 주셨어. 이번에는 '구제 불능의 수다쟁이'라는 제목으로 작문을 하라고 하셨어. 나는 그것도 해서 냈고, 케싱 선생님은 그 뒤로 두 번째 수업까지는 떠들어도 나무라지 않았어. 하지만 세 번째 수업 때는 더 참지 못하고 말씀하셨지.

"안네 프랑크, 수업 시간에 떠든 벌로 '꽥꽥꽥, 수다 부인이 떠들었네.'라는 제목으로 작문을 해서 내거라."

반 전체가 폭소를 터뜨렸어. 나도 웃었지만, 이제 수다쟁이에 대한 아이디어는 다 떨어지고 없었어. 새롭고 참신한 게 필요했지. 그러자 시를 잘 쓰는 잔네가 작문 숙제를 시로 쓸 수 있게 도와주겠다고 했어. 아주 기뻤어. 케싱 선생님은 이 웃기는 작문으로 나를 놀리려고 했지만, 이제 반대로 내가 선생님을 놀릴 수 있었으니까. 나는 시를 다 썼는데, 아주 훌륭한 시야! 엄마 오리하고 아빠 백조, 그리고 아기 오리 세 마리가 살았는데, 아기 오리들이 너무 꽥꽥거려서 아빠가 물어 죽인다는 이야기야. 다행히 케싱 선생님은 이런 농담을 웃음으로 받아 주셨어. 반 아이들에게 시를 읽어 주고 몇 마디를 덧붙였지. 또 다른 반에서도 읽어 주셨어. 그 뒤로 나는 수다를 떠는 게 허락되었고, 추가 숙제도 받지 않았어. 반대로 케싱 선생님이 요즘 만날 농담을 하셔.

1942년 6월 24일, 수요일

키티에게

찌는 듯이 더운 날씨야. 모두가 숨을 헐떡이고, 나는 이 더위 속을 얼마나 걸었는지 몰라. 전차가 정말 편리한 물건이라는 걸 이제 절실히 느끼지만, 우리 유대인은 더는 그 호사를 누릴 수가 없으니, 두 발로 만족해야지.

우리에게 남은 교통수단은 배뿐이야. 요제프 이스라엘스카더의 뱃사공 아저씨는 부탁하면 우리를 태워 주었어. 우리 유대인이 힘들게 사는 게 네덜란드 사람들 잘못은 아니야.

어제 아침에는 예상하지 못한 일이 있었어. 자전거 보관소 앞을 지나가는데 누가 이름을 부르는 거야. 돌아보니까 그 전날 저녁에 친구 빌마의 집에서 만난 괜찮은 오빠였어. 그 오빠가 약간 수줍어하며 다가와서 자기 이름이 헬로 실버버그라고 했어. 나는 조금 놀랐고, 왜 나를 불렀나 싶었지만 그건 금세 알 수 있었어. 헬로가 학교까지 같이 가도 되냐고 물었으니까.

"가는 방향이 같다면 좋아."

내가 말했고, 우리는 함께 걸어갔어. 헬로는 열여섯 살이고, 재미있는 이야기를 잘하더라.

오늘 아침에도 헬로가 나를 기다렸고, 앞으로도 계속 그럴 거 같아.

1942년 7월 5일, 일요일

키티에게

목요일에 유대인 극장에서 예정대로 졸업식이 있었어. 성적표는 그렇게 나쁘지 않았어. D가 하나 있고 대수학이 C-지만, 나머지는 대부분 B고, B+가 두 개, B-가 두 개야. 부모님은 만족하지만, 우리 부모님은 다른 부모님들하고는 달리 성적이 좋건 나쁘건 별로 신경을 안 써. 내가 건강하고, 행복하고, 말대꾸만 줄이면 문제없다고 하거든. 이 세 가지만 잘되면 나머지는 알아서 돌아갈 거라고.

하지만 나는 그 반대야. 공부 못하는 학생이 되고 싶지 않아. 한넬리도 올해 통과했지만, 기하학 과목은 재시험을 봐야 해.

우리 언니 마르고트도 성적표를 받았어. 언제나처럼 훌륭한 성적이야. 우등상 같은 게 있다면 분명 받았을 거야. 언니는 진짜 똑똑해.

아빠는 요즘 집에 자주 계셔. 회사에서 할 일이 없대. 자기가 필요 없다는 느낌은 아주 괴로울 것 같아. 클레이만 씨가 오펙타 사를 맡고, 쿠글러 씨가 향료와 향료 대용품을 판매하기 위해 1941년에 세운 히스 사를 맡았어.

며칠 전에 동네 광장을 산책하는데, 아빠가 은신 이야기를 했어. 세상과 단절돼서 사는 일은 몹시 힘들 거라고 했어. 아빠한테 왜 지금 그런 이야기를 꺼내느냐고 물었지.

"안네, 너도 알겠지만, 우리는 1년도 더 전부터 다른 사람들에게 우리 옷과 식량과 가구를 맡기고 있어. 우리 살림을 독일에 빼앗기고 싶지 않으니까. 우리가 그들의 손아귀에 들어가서도 안 돼. 그래서 남아 있다가 잡혀가기 전에 미리 피신하려는 거야."

"언제요, 아빠?"

아빠 목소리가 너무 심각해서 나는 겁이 났어.

"넌 걱정할 거 없어. 우리가 알아서 할 테니까. 그 전까지는 그냥 즐겁게 지내렴."

그걸로 끝이었어. 아, 이 암울한 말들이 최대한 늦게 실현되기를.

초인종이 울리네. 헬로가 왔어. 이제 가 봐야겠어.

1942년 7월 8일, 수요일

키티에게

일요일 아침 이후 시간이 몇 년은 흐른 것 같아. 너무 많은 일이 일어나서 세상이 갑자기 뒤집힌 느낌이야. 하지만 키티, 어쨌건 나는 이렇게 살아 있어. 아빠는 그게 중요하다고 말씀하셔. 나는 살아 있지만, 어디에 어떻게 살고 있는지는 묻지 마. 너는 아마 내가 오늘 하는 말을 한마디도 이해하지 못할 거야. 일요일 오후의 일부터 이야기해 줄게.

3시에 초인종이 울렸어. 나는 양지바른 발코니에 늘어져서 책을 읽느라고 그 소리를 못 들었어. 잠시 후 마르고트가 흥분한 얼굴로 부엌문 앞에 나타나서 속삭였어.

"나치 친위대에서 아빠한테 소집 통지를 보냈어. 엄마는 판 단 씨를 만나러 갔어." (판 단 씨는 아빠의 사업 파트너이자 친구야.)

나는 깜짝 놀랐어. 소집. 모든 사람이 그게 무슨 의미인지 알아. 강제 수용소와 외로운 독방의 모습이 머리를 훑고 지나갔어. 어떻게 우리 아빠를 그런 운명으로 보낼 수 있겠어?

"물론 아빠는 안 가셔."

마르고트가 나와 함께 거실에서 엄마를 기다리면서 말했어.

"엄마가 판 단 씨를 만나러 간 건 우리가 내일 은신처로 들어가도 될지 물어보기 위해서야. 판 단 씨 가족도 우리랑 같이 은신할 거거든. 모두 일곱 명이 같이 지내게 될 거야."

침묵이 흘렀어. 아무 말도 할 수가 없었어. 아빠는 지금 유대인 병원으로 병문안을 가서 이 소식을 몰랐고, 엄마는 한참 동안 돌아오지를 않았어. 거기에 지독한 더위와 긴장, 그 모든 게 우리를 침묵에 빠뜨렸어.

갑자기 초인종이 다시 울렸어. 내가 말했어.

"헬로일 거야."

"문 열지 마!"

마르고트가 소리쳤어. 하지만 그럴 필요 없었어. 엄마와 판 단 씨가 헬로와 말하는 소리가 들렸고, 그런 뒤 두 분이 문을 닫으며 안에 들어왔으니까. 초인종이 울릴 때마다 마르고트나 내가 조심조심 나가서 아빠가 오셨나 보았고, 다른 사람은 들이지 않았어. 마르고트와 나는 거실에 있을 수 없었어. 판 단 씨가 엄마랑 둘이서만 이야기하고 싶어 했거든.

내가 언니하고 같이 우리 방에 있을 때, 언니가 소집 통지는 아빠가 아니라 자기한테 온 거라고 말했어. 나는 이 두 번째 충격에 눈물을 터뜨렸어. 마르고트는 열여섯 살이야. 마르고트 나이의 여자들은 또 따로 데려가나 봐. 하지만 마르고트는 가지 않을 거야. 엄마가 그렇게 말했고, 아빠가 은신을 말한 것도 그런 의미였을 거야. 그런데 은신…… 어디에 숨는 거지? 도시에? 시골에? 주택에? 헛간에? 언제, 어디, 어떻게……? 이런 건 물으면 안 되는 질문들이었지만, 머릿속을 휘젓고 다녔어.

마르고트와 나는 책가방에 각자의 소중한 물건들을 챙겨 넣었어. 내가 가장 먼저 넣은 건 이 일기장이었고, 그다음에는 헤어 롤, 손수건, 교과서, 빗, 그리고 옛날 편지 몇 통을 넣었어. 은신처에 들어간다는 생각에 넋이 나가서 아주 황당한 물건들도 가져왔지만, 후회하지는 않아. 추억은 옷보다 더 소중하니까.

5시 무렵에 마침내 아빠가 왔고, 우리는 클레이만 씨에게 전화해서 그분이 그날 저녁 우리 집에 올 수 있는지 물었어. 판 단 씨가 나가서 미프를 데려왔어. 미프는 이따 밤에 신발, 옷, 속옷, 양말을 가득 담은 가방을 가지고 돌아오기로 약속했어. 그 뒤로 집은 조용했어. 아무도 밥 생각이 없었어. 더위는 그대로였지만, 모든 게 너무 낯설었어.

11시에 미프와 얀 히스 부부가 왔어. 미프는 1933년부터 아빠 회사에서 일하면서 아빠의 친구가 되었고, 미프의 남편 얀도 마찬가지야. 신발, 스타킹, 책, 속옷이 다시 한번 미프의 가방과 얀의 깊은 주머니들 속으로 사라졌어. 11시 30분에 두 사람도 떠났어.

내 침대에서 자는 마지막 밤이라는 걸 알면서도, 지친 나는 바로 잠에 떨어졌어. 다음 날 아침 5시 30분에 엄마가 깨워서야 일어났지. 그날은 다행히 일요일보다는 덜 더웠고, 하루 종일 따뜻한 비가 내렸어.

우리 넷은 옷을 너무 많이 껴입어서 꼭 냉장고 안으로 자러 들어가는 사람들 같았어. 옷을 최대한 많이 가져가기 위해서였어. 우리 같은 유대인은 누구도 여행 가방에 옷을 잔뜩 담아서 떠나려는 시도를 할 수가 없거든. 나는 속셔츠를 두 벌, 팬티를 세 벌 입었고, 원피스 위에 치마, 재킷과 우비를 입고, 스타킹 두 켤레와 무거운 신발을 신고, 모자와 스카프, 그리고 그것 말고도 여러 가지를 입고 걸쳤어. 집을 떠나기 전부터 숨이 막혔지만, 아무도 어떠냐고 묻지 않았어.

마르고트는 책가방에 책을 가득 넣은 뒤 자전거를 타고 미프와 함께 미지의 세계로 떠났어.

7시 30분에 우리도 문을 닫고 나왔어. 고양이 모르티어가 내 작별 인사를 받은 유일한 생명체였어. 우리는 위층에 살고 있는 골드슈미트 씨에게 고양이를 잘 키워 줄 이웃에게 맡겨 달라는 쪽지를 남겼어.

시트를 벗긴 침대, 식탁 위 아침 식사의 흔적, 부엌에 남은 고양이 사료 같은 것은 우리가 서둘러 떠났다는 인상을 남겼지. 하지만 그런 데 신경 쓸 겨를이 없었어. 그저 빨리 그곳을 떠나서 안전한 곳으로 가야 했어. 다른 것은 중요하지 않았어.

내일 더 쓸게.

이 집을 편하게 느끼는 일은 앞으로도 불가능하겠지만,

그렇다고 싫다는 건 아니야.

이상한 펜션으로 휴가를 온 거랑 비슷하다고 할까.

밖에 나가지 못하는 일은 뭐라 말할 수 없을 만큼 괴로워.

그리고 은신처가 발각되어서 총살당할까 봐 무서워.

친구들은 낯선 곳에 끌려가 땅바닥에 뒹구는데,

나는 따뜻한 침대에서 잔다는 건 죄스러운 느낌이야.

지상 최고의 잔인한 괴물들에게 잡혀 있을

친구들을 생각하면 온몸이 오싹해.

책장 뒤 비밀의 공간

1942년 : 은신처에서의 첫해

1942년 7월 9일, 목요일

키티에게

아빠, 엄마, 나는 퍼붓는 빗속에 각자의 소중한 물건을 터질 듯이 욱여넣은 책가방과 쇼핑백을 들고 걸어갔어. 그 이른 시간에 출근하는 사람들은 우리에게 연민의 눈길을 보냈지. 우리를 차에 태워 줄 수 없어서 안타까워하는 얼굴들이었어. 우리는 유대인을 표시하는 노란 별 배지를 달고 있었으니까.

아빠와 엄마는 길을 가면서 처음으로 우리 계획에 대해 하나씩 알려 주었어. 여러 달 전부터 가구와 옷을 다른 집에 최대한 많이 보내서 보관했대. 은신 날짜는 7월 16일로 정했지. 그런데 마르고트가 소집 통보를 받아서 열흘 앞당겼고, 집을 어수선한 상태로 두고 나와야 했어.

은신 장소는 아빠의 회사가 있는 건물이야. 외부인은 이해하기가 좀 어려운데 어쨌든 설명해 볼게. 아빠 회사에는 직원이 많지 않았어. 쿠글

러 씨, 클레이만 씨, 미프, 그리고 스물세 살의 타이피스트 베프 포스카윌이 전부고, 이 사람들은 모두 우리의 은신 계획을 알았어.

건물 1층에 있는 커다란 창고는 몇 구역으로 나뉘어서 저장실과 제분실 등으로 쓰여.

창고 문 옆에는 바깥문이 하나 더 있어. 이건 사무실로 올라가는 별도의 문이야. 그 문을 열면 문이 또 하나 있고, 두 번째 문을 열면 계단이 나와. 계단을 올라가면 문이 또 있고, 그 문의 반투명 유리창에 검은 글씨로 '사무실'이라고 적혀 있어. 이게 본채 사무실이야. 크고 환하고 물건이 많아. 베프, 미프, 클레이만 씨가 낮에 여기서 일해. 금고, 옷장, 비품 장이 있는 부속실을 지나면, 작고 어둡고 바람이 잘 안 통하는 안쪽 사무실이 나와. 이 방은 전에는 쿠글러 씨와 판 단 씨가 같이 썼고, 지금은 쿠글러 씨가 혼자 써. 쿠글러 씨 방은 복도에서도 갈 수 있지만, 중간에 유리문을 지나야 해. 유리문은 안쪽에서는 열려도 밖에서는 잘 안 열려. 쿠글러 씨 방을 나간 뒤 석탄 통이 놓인 좁은 복도를 걸어가서 계단 네 칸을 올라가면, 아빠의 별실이 있어. 거기 문이 하나 있는데, 그 안쪽은 온수 히터와 가스레인지 두 개가 있는 널찍한 주방이고 그 옆은 화장실이야. 이게 2층이야.

여기서 나무 계단이 3층으로 이어져. 계단 꼭대기에는 양쪽에 문이 있어. 왼쪽 문은 향료 저장 공간과 건물 본채의 다락으로 이어져. 발목을 접질릴 만큼 가파른 네덜란드식 계단도 하나 있는데, 이건 다른 외부 문으로 내려가는 계단이야.

계단 꼭대기 오른쪽의 문은 건물 뒤편의 '비밀 별채'로 이어져. 그 평범한 회색 문 안쪽에 그렇게 방이 많이 있을 줄은 아무도 모를 거야. 문 앞에는 한 칸짜리 작은 턱이 있고, 그걸 넘으면 안쪽이야. 그 바로 앞에는 가파른 계단이 있어. 그리고 왼쪽의 좁은 복도는 프랑크 가족의 거실 겸 침실이 되는 방으로 이어지지.

그다음에 있는 더 작은 방은 프랑크가의 두 아가씨가 써. 계단 오른쪽에는 창문은 없지만 하수구가 있는 욕실이 있어. 욕실 구석의 문은 화장실 문이고, 다른 문 하나는 마르고트와 내 방으로 연결돼. 계단을 올라가서 꼭대기의 문을 열면, 운하 주변 낡은 건물에 이렇게 크고 밝고 넓은 방이 있다는 데 놀랄 거야. 방 안에는 가스레인지도 있고 싱크대도 있어.

여기는 판 단 씨 부부의 부엌과 침실이자, 우리 모두의 거실, 식당, 공부방이 될 거야. 거기 딸린 작은 옆방은 페터르 판 단의 방이야. 그리고 본채하고 똑같이 여기도 다락방과 지붕 창고가 있어. 자, 이제 너한테 우리 멋진 별채를 다 소개했어!

1942년 7월 10일, 금요일

키티에게

키티, 집을 너무 시시콜콜 소개해서 네가 지루해졌을 것 같아. 하지만 너도 내가 살게 된 곳을 알아야 한다고 생각해.

하던 이야기를 계속할게. 알다시피 이야기가 아직 안 끝났거든. 우리가 프린선흐라흐트 263번지에 도착하자 미프는 긴 복도와 나무 계단을 통해 우리를 별채로 데리고 갔어. 그런 뒤 우리를 두고 나갔지. 마르고트는 자전거를 타고 먼저 와서 우리를 기다리고 있었어.

우리 거실과 다른 방들에 모두 물건이 어찌나 많았는지 그걸 설명할 말이 없어. 지난 몇 달 동안 여기로 보낸 많은 종이 상자가 방바닥에도 침대에도 쌓여 있었어. 작은 방에는 시트가 천장까지 쌓여 있었지. 그날 밤 침대를 제대로 정돈해서 자려면 그 난장판을 치워야 했어. 엄마와 마르고트는 손가락 하나 까딱하지 못했어. 시트 없는 매트리스에 지치고 우울한 표정으로 누워 있었고, 그 밖에도 여러 가지로 힘들어 보였어. 하지만 우리 집안의 청소반장인 아빠하고 나는 곧장 일을 시작했지.

우리는 하루 종일 상자를 풀어 수납 장들을 채우고, 못을 박고, 쓰레기를 치웠어. 그리고 밤이 되자 녹초가 돼서 깨끗한 침대에 쓰러졌지. 하루 종일 따뜻한 밥을 못 먹었지만, 아무도 신경 쓰지 않았어. 엄마하고 마르고트는 너무 피곤하고 불안해서 아무것도 먹을 수 없었고, 아빠하고 나는 너무 바빴어.

화요일 아침에 우리는 전날 하던 일을 다시 시작했어. 베프와 미프가 우리 배급표를 가지고 장을 보러 가고, 아빠는 암막 커튼을 달고, 우리는 부엌 바닥을 닦았어. 다시 한번 해 뜰 때부터 해 질 때까지 눈코 뜰 새 없이 바빠서 내 인생의 이런 엄청난 변화에 대해 생각해 볼 시간이 없었어. 수요일이 되어서야 비밀 별채에 오고 처음으로 너한테 이 일을 이야기하고, 나에게 무슨 일이 일어난 건지, 앞으로는 무슨 일이 일어날지 생각해 볼 시간이 생겼어.

1942년 7월 11일, 토요일

키티에게

아빠, 엄마, 마르고트는 아직도 15분마다 울리는 베스테르토런 시계 종소리를 낯설어해. 하지만 나는 아냐. 처음부터 그 소리가 좋았어. 그 소리를 들으면, 특히 밤에는 더 마음이 편안해져. 너는 은신처에 사는 느낌이 어떤지 궁금하겠지. 하지만 아직 잘 모르겠다는 말밖에 못 하겠어. 이 집을 편하게 느끼는 일은 앞으로도 불가능하겠지만, 그렇다고 싫다는 건 아니야. 이상한 펜션으로 휴가를 온 거랑 좀 비슷하다고 할까. 은신 생활에 대해 이렇게 말하는 건 좀 특이하지만, 그게 사실이야. 별채는 은신처로 이상적이야. 축축하고 한쪽으로 기울어져 있지만, 암스테르담 전체, 아니 네덜란드 전체를 통틀어서도 이보다 편안한 은신처는 아마 없을 거야.

얼마 전까지 우리 방은 벽에도 아무것도 없고 아주 썰렁했어. 아빠가 내 엽서하고 영화배우 사진들을 미리 가져온 덕분에, 그리고 솔과 풀 덕분에 나는 벽에 사진들을 붙였어. 그렇게 하니까 분위기가 훨씬 밝아졌어. 판 단 가족이 오면, 다락방에 쌓여 있는 나무들로 수납 장과 가구를 만들 수 있을 거야.

마르고트와 엄마는 약간 기운을 차렸어. 어제 엄마는 처음으로 완두콩 수프를 요리할 힘을 냈지만, 그런 뒤 아래층에 내려가서 이야기를 하다가 그 사실을 완전히 까먹었어. 콩이 새카맣게 타서 아무리 박박 긁어도 냄비에서 떼어 낼 수가 없었어.

어젯밤에 우리 네 식구는 아래층에 있는 아빠의 별실에 가서 영국 라디오를 들었어. 나는 누가 그 소리를 들을까 봐 너무 겁이 나서 아빠한테 다시 위층에 데려다 달라고 했어. 엄마가 불안한 마음을 이해하고 같이 가 주었지. 우리는 무슨 일을 하건 이웃이 우리를 보거나 소리를 들을까 봐 겁이 나. 그래서 여기 온 첫날 바로 커튼을 만들었어. 사실 그걸 커튼이라고 부르기는 좀 어려워. 모양과 재질과 패턴이 제각각인 천 쪼가리들을 아빠하고 내가 솜씨 없이 이어 붙인 게 다니까. 우리는 이 예술 작품을 창문에 걸었고, 그건 우리가 은신처를 나갈 때까지 그 자리를 지킬 거야.

우리 오른쪽에 있는 건물은 잔담에 본사가 있는 케흐 사의 지사고, 왼쪽은 가구 공장이야. 거기 직원들은 밤에는 퇴근하고 없지만, 우리가 내는 소리가 벽을 타고 넘어갈지도 몰라. 우리는 감기 걸린 마르고트에게 밤에는 기침을 못 하게 하고, 기침약을 잔뜩 먹이고 있어.

나는 판 단 가족이 오기를 기다리고 있어. 그날은 화요일이야. 그 사람들이 오면 훨씬 재미있고, 덜 조용할 거야. 정적은 저녁이나 밤에 나를 너무 불안하게 하거든. 그리고 우리를 도와주는 사람이 여기서 함께 잔다면 정말 기쁠 것 같아.

여기는 그렇게 나쁘지는 않아. 요리도 할 수 있고, 아빠의 별실에서 라디오도 들을 수 있어.

클레이만 씨와 미프, 베프 포스카윌도 정말 많은 도움을 주고 있어. 우리는 이미 루바브, 딸기, 버찌 잼을 잔뜩 만들어 놓아서 당분간은 그렇게 지루하지 않을 것 같아. 읽을거리도 많고, 놀이 세트들도 살 거야. 물론 창밖을 내다보거나 밖에 나갈 수는 없지. 그리고 아래층에 소리가 내려가지 않게 조용조용 움직여야 돼.

1942년 9월 28일에 안네가 덧붙인 말.

밖에 나가지 못하는 일은 뭐라 말할 수 없을 만큼 괴로워.

그리고 은신처가 발각되어서 총살당할까 봐 무서워.

그건 정말 암울한 전망이지.

1942년 8월 14일, 금요일

키티에게

한 달 동안 너를 버려두고 있었지만, 사실 하루하루 전할 만한 일이 없어. 판 단 가족은 7월 13일에 왔어. 우리는 14일에 올 줄 알았는데 너무 불안해서 그냥 하루 일찍 와야겠다고 생각했대. 독일이 13일부터 16일까지 소집 통지를 마구 보냈다더라.

페터르 판 단은 아침 9시 30분, 우리가 아침 식사 중일 때 왔어. 페터르는 조금 있으면 열여섯 살이 되는데, 소심하고 어색해해서 이렇다 할 말벗은 안 될 것 같아. 판 단 씨 부부는 30분 뒤에 왔어. 재미있는 건 판 단 부인이 모자 상자에 요강을 넣어 가지고 왔다는 거야.

"전 요강이 없으면 마음이 편하지 않아요."

아줌마가 말했고, 그래서 그건 소파 밑에 자리 잡은 첫 번째 물품이 되었어. 판 단 씨는 접이식 미니 테이블을 겨드랑이에 끼고 왔어.

우리는 처음부터 모두 함께 식사를 했고, 그렇게 사흘이 지나니까 일곱 명 전체가 하나의 대가족 같았어. 판 단 가족은 우리가 문명 세상을 떠나고 일주일 동안 무슨 일들이 있었는지 전해 주었어. 우리는 살던 집과 골드슈미트 씨가 어떻게 됐는지를 제일 궁금해했지.

판 단 씨가 그 궁금증을 풀어 주었어.

"월요일 아침 9시에 골드슈미트 씨가 전화를 해서 와 달라고 하더군요. 가 보니까 아주 괴로워하고 있었어요. 그리고 프랑크 가족이 남긴 쪽지를 보여 주었습니다. 거기 적힌 대로 고양이를 이웃에 맡기려고 한다길래, 좋은 생각이라고 말해 줬지요. 집이 수색당할까 걱정하길래 같이 방을 전부 뒤지고 정돈하고 식탁에 남은 음식을 치웠습니다. 그러다 프랑크 씨의 책상을 보니까 마스트리흐트의 주소가 적힌 종이가 있더군요. 프랑크 씨가 일부러 남겨 놓은 게 분명했지만, 저는 놀라고 겁먹은 척하고 골드슈미트 씨에게 그 위험한 종이를 태워 버리라고 했습니다. 프랑크 가족의 실종에 대해서는 전혀 모른다고 잡아뗐지만, 그 쪽지를 보고 힌트를 얻어서 이렇게 말했어요.

'골드슈미트 씨, 저 주소가 어디인지 알 것 같아요. 여섯 달 전에 어떤 고위 장교가 회사에 왔어요. 프랑크 씨의 어린 시절 친구였던 것 같아요. 그 사람이 필요하다면 자기가 도와주겠다고 했어요. 내 기억이 맞다면 그 사람 주둔지가 마스트리흐트에 있었습니다. 그 장교가 약속한 대로 그들을 벨기에를 통해 스위스로 도피시키려고 한 것 같아요. 프랑크 씨의 친구분들에게는 이런 말을 해도 괜찮을 것 같습니다. 물론 마스트리흐트 부분까지 말씀하실 필요는 없지만요.'

그런 뒤 저는 떠났고, 프랑크 씨의 친구분들에게 실제로 그 이야기가 퍼졌습니다. 그 뒤로 몇몇 사람에게서 그런 말을 들었으니까요."

우리는 그 이야기가 아주 재미있었어. 판 단 씨가 그중 놀라운 상상력을 지닌 사람도 있더라고 말했을 때는 더 크게 웃었어. 예를 들면 우리 동네의 어떤 가족은 우리 식구 넷이 아침 일찍 자전거를 타고 가는 걸 똑똑히 봤다고 했고, 어떤 여자는 우리가 한밤중에 군용 차량에 실려 갔다고 장담했대.

1942년 8월 21일, 금요일

키티에게

우리의 비밀 별채는 정말 비밀스러워졌어.

많은 집이 자전거 도난으로 수색받다 보니까 쿠글러 씨는 은신처 입구에 책장을 놓자고 제안했어. 책장은 경첩을 달아서 여닫이문처럼 열

려. 베프의 아버지인 포스카윌 씨가 직접 작업을 했어. (포스카윌 씨는 우리 일곱 명이 은신한 걸 알게 된 뒤로 우리를 많이 도와주고 있어.)

이제 우리는 아래층에 내려갈 때마다 고개를 숙이고 깡충 뛰어 나가야 돼. 출입구가 너무 낮아서 첫 사흘 동안 모두 이마에 혹이 났어. 그러자 페터르가 완충 장치로 대팻밥을 채운 수건을 문틀에 박아 놓았어. 도움이 되는지 한번 보겠어!

나는 공부는 별로 안 하고 있어. 9월까지는 자체 방학을 할 거야. 아빠는 그 후에 내 가정 교사가 되고 싶어 하지만, 그러려면 먼저 책을 사야 해.

1942년 10월 9일, 금요일

키티에게

오늘은 암울하고 우울한 소식밖에 없어. 많은 유대인 친구와 지인들이 무더기로 잡혀가고 있어. 게슈타포(나치 비밀경찰)는 사람들을 거칠게 잡아다가 가축 운반차에 실어서 베스테르보르크 유대인 수용소로 데려가고 있어. 미프가 거기서 탈출한 사람 이야기를 해 줬어. 베스테르보르크는 지옥 같을 거야. 먹을 것도 없고, 마실 것은 더 없고, 물은 하루에 한 시간 동안만 공급한대. 수용자가 수천 명인데 화장실과 하수 시설이 하나뿐이래. 남자와 여자가 한방에서 자고, 여자와 아이들도 머리를 삭발당한대. 탈출은 거의 불가능해. 많은 사람이 유대인처럼 생기고, 머리를 삭발해서 표시가 나니까.

네덜란드가 이렇게 끔찍하다면 독일의 유대인들이 끌려가는 오지의 야만적인 수용소들은 어떻다는 거야? 그 사람들은 거의 죽는다고 봐야 해. 영국 라디오에서는 유대인이 독가스로 죽는다고 해. 아마 그게 가장 빨리 죽는 방법일 거야.

너무 끔찍해. 미프에게 이런 이야기를 들으면 너무 소름 끼치고, 미프도 힘들어해. 어느 날은 게슈타포가 미프네 집 앞에 장애가 있는 유대인 할머니를 놔두고 차를 가지러 갔대. 그 할머니는 번쩍이는 탐조등과 영국 비행기들을 향해 쏘는 포 소리를 무서워했지만, 미프는 할머니를 집에 들일 수 없었대. 아무도 그럴 수 없어. 독일의 처벌은 자비가 없으니까.

베프도 우울해해. 남자 친구가 독일로 끌려가게 되었거든. 비행기가 날아갈 때마다 베프는 그 비행기가 베르튀스의 머리에 폭탄을 떨굴까 봐 덜덜 떨어. "걱정 마. 그게 전부 베르튀스한테 떨어질 리는 없어."라거나 "폭탄은 한 방만 있으면 돼." 같은 농담은 이런 상황에는 맞지 않아. 독일로 강제 징용을 가는 사람은 베르튀스만이 아니야. 날마다 수많은 청년이 기차에 실려 떠나. 기차가 작은 역에 멈출 때 탈출을 시도하는 사람들도 있지만, 발각되지 않고 달아나서 은신하는 사람은 극소수야.

하지만 이게 한탄의 끝이 아니야. '인질'이라는 말 들어 봤어? 그게 요즘 반나치 활동가들을 처벌하는 방식이야. 그건 정말이지 너무도 끔찍해. 아무 잘못도 없는 유명한 사람들을 잡아다가 대기시켜. 게슈타포가 반나치 활동가를 못 잡으면 그런 인질 다섯 명을 벽 앞에 세워. 그리고 신문에 사망 통지가 실리지. '사고사'라고.

독일인은 얼마나 대단한 인간들인지! 그런데 사실 나도 독일인이잖아! 아냐, 그렇지 않아. 히틀러는 오래전에 우리 국적을 박탈했어. 게다가 지구상에 독일인과 유대인보다 더 큰 적은 없어.

1942년 10월 20일, 화요일

키티에게

공포의 사건이 일어나고 두 시간이 지났는데, 아직도 손이 덜덜 떨려. 이 건물에는 소화기가 모두 다섯 대 있어. 회사 사람들이 깜박하고 우리한테 목수인지 누구인지가 소화기를 채우러 올 거라는 말을 해 주지 않은 거야. 그래서 우리가 별로 조심하지 않고 있는데, 갑자기 계단 꼭대기(책장 앞)에서 망치 소리가 들려왔어. 나는 목수일 거라고 생각하고 점심 식사 중인 베프에게 가서 지금 아래층에 내려갈 수 없다고 말했어. 아빠하고 나는 그 사람이 떠나는 걸 확인하려고 문 앞을 지켰지. 남자는 15분 정도 작업을 하더니 망치와 연장을 책장에 내려놓고(소리로 추측한 거지만!), 쾅쾅 문을 두드렸어. 우리는 질겁했어. 이 사람이 무슨 소리를 듣고 이 이상한 책장을 확인해 보려는 건가? 그런 것 같았어. 계속 책장을 두드리고 당기고 밀고 흔들고 했으니까.

나는 너무 겁이 났고, 은신처가 모르는 사람에게 발각될 거라는 생각에 거의 기절할 것 같았어. 하지만 이제 완전히 끝장이라고 생각한 순간, 클레이만 씨의 목소리가 들렸지.

"문 열어 줘요. 나예요."

우리는 즉시 문을 열었어. 무슨 일이 있었던 걸까?

책장과 연결된 경첩이 고장 나서 열리지 않았고, 그래서 아무도 우리에게 목수 일을 미리 알려 주지 못했대. 목수가 떠난 뒤 클레이만 씨가 베프를 데리러 왔는데, 책장을 쉽게 열 수 없던 거지. 그때의 안도감을 어떻게 표현할지. 내 머릿속에서 문 바깥에 있는 그 사람은 점점 거대해져서 무시무시한 거인이자 세상에서 가장 악독한 파시스트[3]가 되어 있었거든. 하지만 다행히 모든 일이 잘 풀렸어. 어쨌건 이번에는.

1942년 10월 29일, 목요일

키티에게

아빠가 아파서 걱정이야. 온몸에 반점이 돋고 열이 높아. 홍역 같아. 그런데 의사를 부를 수가 없어! 엄마는 아빠가 땀을 많이 흘리면 열이 내릴지도 모른다고 열심히 보온해 주고 있어.

아침에 미프가 자위더-암스텔란에 있는 판 단 씨 집에서 가구가 모

---

3) 극단적인 국가주의자. 과격한 인종주의자가 되기도 하는데, 반유대주의를 내세운 나치가 대표적이다.

두 없어졌다고 이야기해 주었어. 판 단 부인에게는 아직 말하지 않았어. 아줌마가 요새 너무 불안해하고 있고, 우리는 집에 두고 온 아름다운 도자기와 예쁜 의자들에 대한 한탄을 또 듣고 싶지 않거든. 우리도 좋은 물건들을 거의 두고 왔어. 이제 와서 한탄하는 게 무슨 소용이야?

1942년 11월 9일, 월요일

키티에게

우리 별채의 분위기를 담아서, 너한테 음식 이야기를 해 줄게. (여기 사람들은 정말 식탐쟁이야.)

빵은 하루에 한 번 클레이만 씨의 친구인 제빵사 아저씨가 배달해 줘. 물론 집에 살 때만큼 많은 양은 아니지만, 그래도 충분해. 우리는 암시장에서 배급표 책도 사. 배급표 책은 가격이 계속 올라. 27휠던에서 벌써 33휠던이 됐어. 인쇄한 종이 몇 장을 엮은 건데 말이야!

우리는 이미 통조림 수백 개를 쌓아 놓고 있지만, 그것 말고도 지속적 영양 공급을 위해 콩 140킬로그램을 샀어. 우리만 먹는 게 아니라 사무실 사람들도 먹는 거야. 비밀 출입구 바로 안쪽 복도의 걸쇠에 콩 자루들을 걸어 놓았는데, 몇 개가 무게를 못 이기고 솔기가 찢어졌어. 그래서 그걸 다락으로 옮기자고 했고, 페터르가 그 일을 맡았어. 페터르는 여섯 자루 중 다섯 자루는 잘 옮겼는데, 마지막 자루가 중간에 찢어져서 갈색 콩들이 홍수처럼, 아니 우박처럼 터져 올랐다가 계단을 데굴데굴

굴러 내려갔어. 콩이 20킬로그램 정도 됐으니 그 소리는 죽은 사람도 벌떡 일어날 만큼 컸지. 아래층 사람들은 건물이 무너지는 줄 알았대. 페터르는 깜짝 놀랐지만, 계단 아래 펼쳐진 갈색 바다에 내가 섬처럼 서 있고, 콩의 파도가 내 발목에 철썩이는 모습을 보고 웃음을 터뜨렸어. 우리는 바로 콩을 줍기 시작했지만, 콩은 너무 작고 미끄러워서 상상할 수 있는 온갖 틈바구니로 다 들어갔어. 그 뒤로 우리는 계단을 올라갈 때마다, 허리를 굽히고 콩을 주워서 판 단 부인에게 갖다줘.

아빠가 다 나았다는 사실을 깜박하고 말하지 않을 뻔했네.

1942년 11월 10일, 화요일

키티에게

좋은 소식이 있어! 은신처에 새로운 사람이 들어오게 되었어!

정말이야. 우리는 전부터 이곳의 공간과 식량이 한 사람은 더 들어올 정도가 된다고 생각했지만, 그러면 쿠글러 씨하고 클레이만 씨의 부담이 더 커질 거라서 망설였어. 하지만 유대인들의 참혹한 소식이 갈수록 심해지니까, 아빠가 두 분의 의견을 물었고, 두 분이 좋다고 했어. “사람이 일곱 명이건 여덟 명이건 위험한 건 마찬가지죠.” 하고 말했다는데, 맞는 말이지. 그 일이 결정되자, 우리는 자리에 앉아서 아는 사람들 중에 우리와 잘 지낼 수 있는 사람이 누구일지 생각해 보았어. 그건 어렵지 않았어. 아빠가 판 단 씨의 친척은 모두 거절했고, 그런 다음 우리는 알프레드 뒤셀이라는 치과 의사를 선택했어. 그분은 나이 차이가 많이 나는 기독교인 여자랑 살아. 결혼은 안 한 것 같은데, 그건 중요한 게 아니지. 그분은 조용하고 교양 있대. 우리하고 아주 가깝게 지내지는 않았지만 좋은 사람 같아. 미프가 그분을 알아서, 필요한 일을 다 해 주기로 했어. 뒤셀 씨가 오면, 그분은 마르고트 대신 나랑 같이 방을 쓰고, 마르고트는 접이침대에서 자야 할 거야.[4] 우리는 그분에게 충치 치료용품을 가져다 달라고 부탁할 거야.

1942년 11월 19일, 목요일

키티에게

생각했던 대로 뒤셀 씨는 좋은 분이야. 그분은 나랑 한방을 쓰는 일을 꺼리지 않았어. 솔직히 나는 낯선 사람이 내 물건을 쓰는 일이 그렇게 반갑지는 않지만, 좋은 일을 하려면 희생이 필요한 법이고, 나는 이런 작은 희생을 할 수 있다는 게 기뻐.

"우리가 한 친구라도 구할 수 있다면, 나머지는 중요하지 않아."

아빠의 말씀은 정말로 맞는 말이야.

여기 온 첫날 뒤셀 씨는 나에게 별의별 것을 다 물었어. 사무실 청소부는 몇 시에 오는지, 욕실 사용 규칙은 어떻게 되는지, 화장실은 언제

4) 뒤셀 씨가 온 뒤 마르고트는 부모님 방에서 잤다.

사용할 수 있는지 같은 것. 웃길지 몰라도 은신처에서 이런 일은 그렇게 간단하지 않아. 낮에는 아래층에 아무 소리도 들리지 않게 해야 하고, 청소부 같은 다른 사람이 오면 특히 더 조심해야 돼. 나는 참을성 있게 그 질문들에 대답을 해 주었는데, 그분이 말을 너무 못 알아들어서 깜짝 놀랐어. 모든 걸 두 번씩 묻고, 방금 해 준 말도 잊어버리는 거야.

아마 환경이 갑자기 변해서 정신이 혼란스러울 테고, 금방 극복할 거야. 그것만 빼면 별문제 없어.

뒤셀 씨는 우리가 오랫동안 궁금해한 바깥소식을 잔뜩 말해 줬어. 슬픈 소식이 많았지. 수많은 친구와 지인이 끌려갔어. 녹색과 회색 얼룩무늬의 군용 차량이 밤마다 거리를 순찰해. 그리고 집집의 문을 전부 두드리며 거기 유대인이 사느냐고 물어. 유대인이 살면 온 가족을 끌고 나와. 유대인이 없으면 옆집으로 가. 숨는 것 말고는 그 손아귀를 피할 방법이 없어. 그들은 때로는 명단을 가지고 다니면서 풍성한 수확이 기다리는 게 분명한 집들의 문만 두드려. 한 사람에 얼마로 현상금도 자주 내걸어. 옛날의 노예사냥처럼 말이지. 너무 비극적이야. 어두운 밤이면 나는 죄 없는 사람들이 우는 아이들과 함께 끌려가면서 쓰러지기 직전까지 두드려 맞는 모습이 자꾸 떠올라. 예외는 없어. 병자, 노인, 아이, 아기, 임신부 모두가 죽음을 향해 끌려가.

여기 우리는 운 좋게도 그런 혼란을 피했어. 우리가 도울 수 없는 소중한 이들에 대한 걱정이 아니라면, 이런 고통을 생각할 필요도 없어. 하지만 친구들은 낯선 곳에 끌려가 땅바닥에 뒹구는데, 나는 따뜻한 침대에서 잔다는 건 죄스러운 느낌이야.

지상 최고의 잔인한 괴물들에게 잡혀 있을 친구들을 생각하면 온몸이 오싹해. 그게 다 우리가 유대인이기 때문이야.

1942년 11월 20일, 금요일

키티에게

어떻게 반응해야 할지 모르겠어. 지금까지 우리는 유대인 소식을 거의 몰라서 최대한 명랑하게 지내는 게 좋다고 생각했어. 처음에는 미프가 이따금 우리가 아는 누구누구에게 벌어진 일들을 말해 주었는데, 그러면 엄마나 판 단 부인이 눈물을 터뜨려서 미프는 이제 그런 이야기는 해 주지 않아. 하지만 우리가 뒤셀 씨에게 질문해서 알아낸 이야기는 너무 끔찍해서 머릿속에서 털어 낼 수가 없어. 이 소식을 어느 정도 마음속에 가라앉히면, 그때는 다시 평소처럼 농담하고 장난치게 될 거야. 계속 지금처럼 우울하게 지내면, 우리에게도 바깥 사람들에게도 도움이 안 돼. 비밀 별채를 우울 별채로 바꾸는 게 무슨 소용이겠어?

무슨 일을 해도 떠난 사람들 생각을 떨칠 수가 없어. 웃음을 터뜨리다가도 그렇게 즐거워하는 건 잘못이라는 생각이 들어. 하지만 그렇다고 내가 하루 종일 울면서 지내야 하는 거야? 그럴 수는 없어. 이 우울은 지나갈 거야.

1942년 11월 28일, 토요일

키티에게

전기를 너무 많이 써서 배급량을 초과했어. 그 결과는 지독한 절약과 단전이야. 14일 동안 불을 못 켜. 좋겠지? 하지만 그렇게 오래 걸리지 않을지도 몰라! 4시나 4시 30분이 지나면 책을 읽을 수 없을 만큼 어두워져서 우리는 온갖 웃기는 일을 하며 시간을 보내. 수수께끼 내고 맞히기, 어둠 속에서 체조하기, 영어나 프랑스어 하기, 책 이야기하기. 하지만 시간이 지나면 다 지루해져. 어제 나는 새로운 오락거리를 찾았어. 고급 망원경으로 불 켜진 이웃집들을 들여다보는 거야. 낮에는 커튼을 살짝도 열 수 없지만, 밤에는 괜찮아.

나는 이웃들이 그렇게 재미있을 줄 몰랐어. 저녁 식사를 하는 모습도 보았고, 또 영화라도 찍는 듯한 가족도 보았고, 길 건너 치과에서 의사가 겁먹은 할머니를 치료하는 모습도 보았어.

1942년 12월 22일, 화요일

키티에게

크리스마스에 각자 버터 100그램씩 더 받을 거라는 기쁜 소식이 왔어. 신문엔 200그램씩 받을 수 있다고 나오지만, 그건 배급표 책을 받은 운 좋은 사람들 이야기지, 숨어 지내면서 암시장에서 배급표 책 네 권을 사는 유대인 이야기가 아니야. 그 버터로 빵이나 과자를 만들 거야.

어른들의 모욕적인 말을 가만히 앉아서 듣고 싶지 않아.

안네 프랑크는 하찮은 어린애가 아니라는 걸 보여 줄 거야.

나는 이제 아기나 응석받이 꼬맹이가 아니야.

나도 나만의 생각, 계획, 이상이 있어.

이런 상황에도 지치지 않겠다고 약속할게.

나는 나만의 길을 찾을 거고, 눈물을 보이지 않을 거야.

나만의 길을 찾을 거야

성장의 아픔 : 외로움, 혼란, 갈등

1942년 8월 21일, 금요일

키티에게

이곳 생활은 별 변화가 없어. 오늘 페터르가 머리를 감았지만, 그건 특별한 일이 아냐. 나는 판 단 씨하고 늘 옥신각신해. 엄마는 나를 아기 취급하고 나는 그게 싫어. 그것만 빼면 사정은 나아지고 있어. 페터르는 전혀 발전하는 것 같지 않아. 아주 형편없어. 하루 종일 누워 있다가 가끔 일어나서 목공을 좀 하고 다시 낮잠을 자. 너무 바보 같아!

엄마는 오늘 아침에 나한테 다시 지독한 설교를 했어. 우리는 모든 일에 생각이 정반대야. 아빠는 다정해. 아빠도 나한테 화를 내기는 하지만, 그게 5분 이상 가는 경우는 없어.

이런 상황에서도 바깥 날씨는 아주 좋아. 쾌청하고 더워. 우리는 이 날씨를 최대한 활용하기 위해서 다락방의 접이침대에서 빈둥거려.

1942년 9월 21일에 안네가 덧붙인 말.

판 단 씨는 요새 나한테 아주 잘해 주셔. 나는 아무 말 안 했지만, 어쨌건 지금은 이 친절을 기쁘게 누리고 있어.

1942년 9월 28일, 월요일

키티에게

어제는 쓸 게 한참 남은 상태에서 일기를 덮었어. 여기서 일어난 또 한차례의 충돌 사건을 말하려고 하는데, 먼저 이 말부터 해야겠어. 어른들은 왜 그렇게 쉽게, 그렇게 자주, 그렇게 시시한 일로 싸우는지 이해가 안 된다는 거야. 지금까지 나는 말싸움 같은 건 아이들이나 하고, 나이가 들면 안 하게 되는 건 줄 알았어. 물론 가끔은 정말로 이유가 있어서 싸우기도 하지만, 이곳에서 일어나는 일은 그냥 말싸움이야. 이런 다툼은 그냥 일상의 한 부분이라고 생각하고 넘어가야 하는데, 내가 거의 모든 대화에 등장하기 때문에 그러기가 힘들고 앞으로도 마찬가지일 것 같아. 어른들은 내 모든 것을 못마땅해해. 정말 모든 것을. 내 행동, 내 성격, 내 태도, 머리에서 발끝까지 내 몸 구석구석이 어른들 대화에 등장해. 나는 시도 때도 없이 심한 말과 고함을 듣는데도 이 일에 익숙해지지 않아. 어른들은 나더러 웃으면서 넘기래. 하지만 그럴 수 없어! 나는 어른들의 모욕적인 말을 가만히 앉아서 듣고 싶지 않아. 어른들에게 안네 프랑크는 하찮은 어린애가 아니라는 걸 보여 줄 거야. 나를 가지고 뭐라 하기 전에 먼저 자기들 예의부터 돌아보게 하면, 어른들은 정신을 차리고 입을 다물 거야. 어른들은 어떻게 그렇게 행동하는지! 너무 야만적이야. 나는 어른들의 무례, 그리고 무엇보다…… 판 단 부인의 그 멍청함에 계속 놀라. 하지만 내가 거기 익숙해지면…… 그 일에는 시간이 별로 오래 걸리지 않을 거야. 나는 똑같이 보복할 거고 그러면 어른들은 태도를 바꿔야 할 거야! 내가 정말 판 단 씨 부부 말처럼 버릇없고, 고집 세고, 야단스럽고, 멍청하고, 게으르고 기타 등등인가? 그렇지 않아. 물론 나도 여러 가지 단점이 있지만, 그분들은 그걸 너무 부풀려! 그분들이 나를 꾸짖고 놀릴 때 내가 얼마나 화가 나는지, 키티 네가 안다면! 이렇게 분노가 쌓이다가는 머지않아 폭발하고 말 거야.

하지만 그 이야기는 이제 그만. 내 싸움 이야기로 널 지겹게 해서 미안해. 그래도 흥미로웠던 저녁 식탁의 대화 하나를 소개하지 않을 수가 없어.

어쩌다가 아빠의 조심스런 성격이 화제에 올랐어. 아빠의 겸손함은 잘 알려진 사실이고, 아무리 바보 같은 사람도 그걸 의문 삼지는 않을 거야. 그런데 갑자기, 모든 대화에 끼어들지 않고는 못 배기는 판 단 부인이 말하는 거야.

"저도 아주 겸손하고 조심스러운 성격이에요. 우리 남편보다 훨씬 더요!"

그렇게 웃기는 말을 들어 본 적이 있니? 그렇게 말하는 거 자체가 겸손함과 거리가 먼 거잖아!

판 단 씨가 '우리 남편보다 훨씬 더'라는 부분을 설명하고 싶어서 차분하게 대답했어.

"나는 겸손하고 조심스러운 사람이 되고 싶지 않아요. 내 경험으로 볼 때 야단스러운 성격이 더 이득이 많아요!"

그리고 나를 보면서 덧붙였어.

"겸손하고 조심스러운 건 아무 소용없는 일이란다, 안네."

엄마는 이 견해에 전적으로 동감했어. 하지만 언제나처럼 판 단 부인은 자기 의견을 펼쳐야 했지. 그러나 이번에는 나한테 직접 말하지 않고, 우리 부모님에게 말했어.

"안네에게 그런 말을 하실 수 있다니 두 분의 인생관은 특이한 것 같아요. 제가 자랄 때는 달랐어요. 어쩌면 그 뒤로도 세상은 별로 안 달라졌을지 모르지만, 프랑크 가족은 현대적이니 예외겠죠!"

이건 엄마의 현대적인 가정 교육 방식을 직접 공격하는 거였어. 판 단 부인은 어찌나 흥분했는지 얼굴이 새빨개졌어. 얼굴이 쉽게 상기되는 사람은 화나는 일이 있으면 훨씬 더 흥분해서 상대에게 쉽게 무릎을 꿇지.

침착한 엄마는 이 일을 빨리 끝내고 싶어서 잠시 생각을 해 보고 대답했어.

"판 단 부인, 저도 극도로 겸손한 성격은 별로라고 생각해요. 우리 남편, 마르고트, 페터르는 모두 극도로 겸손해요. 판 단 씨, 안네 그리고 저는 딱히 그 반대는 아니지만, 그래도 남들에게 휘둘리지는 않죠."

"프랑크 부인, 무슨 말씀인지 모르겠네요! 솔직히 저는 극도로 겸손하고 조심스러워요. 어떻게 저한테 야단스러운 성격이라고 말씀하시나요?"

"제가 부인에게 야단스럽다는 말은 하지 않았지만, 누구도 부인이 조심스럽다고는 말하지 않을 거예요."

"제가 어떻게 야단스러운지 알고 싶네요! 여기서는 나 아니면 아무도 나를 돌볼 사람이 없고, 가만있다가는 굶어 죽을 텐데 말이죠. 그렇다고 제가 프랑크 씨보다 덜 겸손하고 조심스러운 건 아니에요."

이런 말도 안 되는 변명에 엄마가 참지 못하고 웃음을 터뜨리자 판 단 부인은 부아가 치솟았지. 말솜씨도 별로 없는 아줌마는 독일어와 네덜란드어를 섞어서 항변을 하다가 말이 완전히 꼬였고, 의자에서 일어나서 방을 나가다가 나를 보았어. 그때 그 아줌마 표정을 네가 봤어야 하는데! 아줌마가 나를 봤을 때 나는 우연히 한심하다는 표정으로 고개를 젓고 있었어. 일부러 그런 건 아니지만, 아줌마의 헛소리를 듣다 보니까 저절로 그렇게 되었어. 판 단 부인은 다시 돌아서서 나에게 악다구니를 한바탕 퍼부었어. 그 험악하고 고약하고 천박한 말은 시장 바닥의 거친 아줌마들이나 할 만한 말이었어. 정말 명장면이었지. 내가 그림을 그릴 줄 안다면 그때 그 아줌마 모습을 그리고 싶어. 어찌나 코미디 같던지! 나는 한 가지를 배웠어. 사람은 한번 싸워 봐야 제대로 알 수 있다는 것. 싸워 봐야 그 사람의 진짜 모습을 볼 수 있어!

1942년 10월 3일, 토요일

키티에게

요즘은 좀 더 어른스러운 책도 읽을 수 있게 되었어. 지금 읽는 건 니코 판 쉬흐텔런이 쓴 《에바의 청춘》이야. 이 책이 다른 청소년 책들하고 뭐가 다른지 잘 모르겠어.

에바는 아이들이 사과처럼 나무에 열리고, 잘 익으면 황새가 엄마에게 따다 준다고 생각했어. 하지만 친구의 고양이가 새끼를 낳았는데, 새끼가 어미에게서 나오자 고양이가 닭처럼 알을 낳아서 부화시킨다고 생각했어. 그리고 아이를 낳고 싶은 여자들도 자기 방에서 며칠을 지내면서 알을 낳고 부화시킨다고. 아기들이 태어나면 엄마들은 너무 오래 쪼그려 앉아서 기운이 없어진다고 생각했어. 그러다가 에바도 어느 날 아기를 낳고 싶어져서 모직 목도리를 바닥에 깔고 쪼그려 앉아서 알을 낳으려고 힘을 주었지. 꼬꼬 소리도 냈지만 알은 나오지 않았어. 그렇게 한참을 앉아 있었더니 마침내 무언가 나왔지만, 그건 알이 아니라 소시지였어. 에바는 부끄러웠고, 자기가 병에 걸렸다고 생각했어. 웃기지?

《에바의 청춘》에는 에바의 생리 이야기도 나와. 아, 나도 생리를 시작했으면 좋겠어. 그러면 정말 어른이 된 것 같을 텐데. 아빠가 또 뭐라고 하면서 일기를 빼앗겠다고 해. 그건 너무 끔찍한 일이야! 앞으로는 일기를 감춰야겠어.

1942년 10월 29일, 목요일

키티에게

아빠는 나더러 헤벨이나 다른 유명 독일 작가들의 책을 읽으라고 해. 나는 이제 독일어를 제법 잘 읽어. 조용히 읽지 못하고 자꾸 입으로 중얼거리는 게 문제지만, 그런 건 금방 극복될 거야. 아빠는 큰 책장에서 괴테와 실러의 희곡을 꺼내 와서 매일 밤 나한테 읽어 주려고 하셔. 우리는 《돈 카를로스》로 시작했어. 그걸 보더니 엄마는 내 손에 엄마의 기도책을 쥐여 주었어. 나는 독일어 기도문을 몇 개 읽었지만, 그냥 예의를 위해서였어. 아름답긴 한데, 나한테는 별 의미가 없어. 엄마는 왜 나한테 종교 생활을 강요할까?

1942년 11월 7일, 토요일

키티에게

엄마의 신경이 날카롭고, 그건 나한테 안 좋은 조짐이야. 아빠와 엄마가 마르고트는 한 번도 혼내지 않고 늘 나만 나무라는 게 우연일까? 어젯밤을 예로 들면, 마르고트가 예쁜 그림들이 있는 책을 보고 있었어. 그러다가 일어나서 책을 나중에 읽으려고 치워 두었어. 그때 나는 아무 일도 하지 않고 있어서 그 책을 집어 들고 그림들을 보았지. 잠시 후 마르고트가 돌아왔다가 내가 '자기 책'을 읽는 걸 보고 인상을 쓰며 돌려 달라고 했어. 나는 조금 더 보고 싶었어. 마르고트는 더 화를 냈고, 엄마

가 끼어들었어.

“그거 마르고트가 읽던 책이잖아. 언니한테 돌려줘.”

그때 아빠가 들어왔는데, 어쩌다 그렇게 된 건지도 모르면서 무조건 내가 잘못했다고 나를 꾸짖었어.

“마르고트가 네 책을 읽고 있었다면 네가 어떻게 나왔을지 보고 싶구나!”

나는 포기하고 책을 내려놓았어. 그리고 어른들 말에 따르자면 ‘발끈해서’ 나갔지. 하지만 나는 발끈하지도 삐치지도 않았어. 그냥 슬펐을 뿐이야.

아빠가 자초지종도 알아보지 않고 나를 나무란 건 잘못이야. 나는 책을 마르고트에게 돌려주었을 거야. 엄마와 아빠가 끼어들어서 마르고트가 나한테 당하고 있기라도 한 것처럼 허겁지겁 언니 편을 들지 않았다면 훨씬 더 일찍.

물론 엄마는 옛날부터 마르고트의 편이었어. 나는 거기 아주 익숙해서 엄마의 꾸지람도 마르고트의 부루퉁함도 별로 신경 쓰지 않아. 물론 엄마도 마르고트도 다 사랑하지만 그건 가족이라서 그런 거고, 인간적으로는 전혀 끌리지 않아. 내 입장만 생각하면 두 사람이 영원히 사라져도 상관없어. 하지만 아빠의 경우는 달라. 아빠가 마르고트 편을 들고, 언니의 행동 하나하나를 칭찬하고 언니를 끌어안고 하는 걸 보면 큰 통증이 느껴져. 나는 아빠를 아주 좋아하니까. 아빠는 내 모범이고, 내가 이 세상에서 아빠보다 더 사랑하는 사람은 없어. 아빠는 자신이 마르고트하고 나를 다르게 대한다는 걸 몰라. 마르고트는 어쩌다 보니 똑똑하고 친절하고 예쁘고 착하게 태어났어. 하지만 나도 관심을 받을 권리가 있어. 나는 예전부터 우리 집의 광대이자 말썽꾸러기였어. 잘못을 저지르면 언제나 벌을 두 배로 받았지. 한 번은 꾸지람으로, 다음에는 나 자신의 좌절감으로. 나는 이제 의미 없는 애정이나 이른바 '진지한 대화'로는 만족할 수 없어. 내가 아빠에게 원하는 건 아빠가 줄 수 없는 거야. 마르고트를 질투하는 게 아냐. 나는 그런 적이 없어. 언니의 머리나 얼굴을 샘내지 않아. 그저 아빠가 나를 정말로 사랑한다는 걸, 그리고 내가 아빠 딸이라서가 아니라 안네라는 아이라서 사랑한다는 걸 느낄 수 있으면 좋겠어.

내가 아빠한테 매달리는 건 갈수록 엄마에 대한 실망이 커지고, 오직 아빠를 통해서만 가족애를 간직할 수 있기 때문이야. 아빠는 내가 가끔 엄마에 대한 감정을 터뜨릴 필요가 있다는 걸 몰라. 아빠는 그런 이야기를 싫어하고, 엄마의 문제점과 관련된 어떤 대화도 피해. 하지만 엄마 자신과 엄마의 모든 문제는 나한테 더 힘들어. 어떻게 해야 할지 모르겠어. 나는 엄마의 무신경함, 조롱, 냉혹함에 잘 맞서지 못하지만, 이렇게 계속 모든 비난을 짊어지고 갈 수도 없어.

나는 엄마하고는 완전히 반대고, 그래서 당연히 충돌해. 엄마를 평가하려는 게 아니야. 그럴 권리는 나한테 없어. 그냥 엄마를 '어머니'로서 보는 거야. 엄마는 나한테는 어머니가 아니야. 나 스스로가 어머니 역할을 해야 돼. 나는 식구들과 단절되었어. 혼자서 길을 헤쳐 가야 돼. 그 결과는 나중에 알게 되겠지. 이건 내가 선택할 수 있는 게 아니야. 나한테도 어머니와 아내란 어때야 한다는 이미지가 있는데, 내가 '엄마'라고 부르는 사람은 거기 안 맞으니까.

나도 엄마의 나쁜 면을 무시해야 한다고 자주 생각해. 엄마의 좋은 점만 보고, 엄마한테 없는 걸 내 안에서 찾고 싶어. 그래도 안 돼. 그리고 가장 나쁜 건 아빠와 엄마가 자신들의 잘못을 모르고, 내가 두 분 때문에 얼마나 힘든지 모른다는 거야. 자기 아이들에게 완벽한 행복을 안겨 줄 수 있는 부모가 있을까?

가끔 하느님이 지금도 그렇고 앞으로도 나를 시험한다는 생각이 들어. 나는 혼자 힘으로 좋은 사람이 되어야 해. 모범이 될 사람이나 조언자가 없어도. 그렇게 하면 나는 더 강한 사람이 될 거야.

나 말고 누가 이 편지들을 읽겠어? 나 말고 누가 나에게 위안을 주겠어? 나는 시시때때로 위로가 필요해. 마음이 약해지고, 나 자신에게 실망할 때도 많아. 나는 이걸 알고, 매일 더 잘해야겠다고 결심해.

어른들이 나를 대하는 태도는 항상 이랬다저랬다 해. 어느 날은 안네도 생각이 있는 아이니까 이런 것도 알아야 한다고 했다가, 바로 다음 날에는 안네는 아무것도 모르면서 책에서 모든 걸 다 배운 줄 아는 멍청이라고 말해! 나는 이제 행동 하나하나가 웃음을 일으키는 아기나 응석받이 꼬맹이가 아니야. 나도 나만의 생각, 계획, 이상이 있어. 하지만 아직 그걸 정확히 표현하지 못하겠어.

아, 밤에 혼자 있으면 온갖 생각이 들어. 그리고 내가 싫어하거나 언제나 나를 오해하는 사람들과 함께 있어야 하는 낮에도. 그래서 나는 자꾸 일기를 펼치게 돼. 키티는 항상 잘 참고 들어 주니까 시작도 끝도 일기로 하게 돼. 하지만 이런 상황에도 지치지 않겠다고 약속할게. 나는 나만의 길을 찾을 거고, 눈물을 보이지 않을 거야. 그 노력이 약간이라도 성공했으면 좋겠어. 아니면 한 번이라도 나를 사랑하는 사람에게서 격려를 받았으면 좋겠어.

나를 비난하지 말아 줘. 그냥 가끔씩 폭발점에 이르는 사람이라고 생각해 줘!

1942년 11월 20일, 금요일

키티에게

내가 요즘 사람들에게 버림받은 느낌이 든다는 말을 하지 않을 수가 없어. 텅 빈 공간에 혼자 던져진 것 같아. 전에는 이런 일을 크게 신경 쓰지 않았어. 머릿속에 늘 친구들 생각이랑 재미있게 놀 생각이 가득했으니까. 이제 내 머리에 드는 생각은 불행한 일들이나 나 자신, 이 두 가지뿐이야. 시간이 좀 걸렸지만, 나는 이제 드디어 아빠가 아무리 친절해도 내게 예전 같은 존재가 될 수는 없다는 걸 깨달았어. 내 감정만 생각하면, 엄마하고 마르고트는 오래전부터 내게 아무 의미 없었고.

하지만 왜 너한테 이런 바보 같은 소리를 하는 거지? 내가 배려심이 없다는 건 나도 알지만, 키티, 꾸중을 너무 많이 듣고 걱정거리도 너무 많다 보니 머리가 빙글빙글 돌아!

1942년 11월 28일, 토요일

키티에게

뒤셀 씨는 아이들을 잘 다루고 아이들을 좋아한다는 평판이 있었는데, 알고 보니 아주 구식 규율주의자에 예의범절을 끝없이 강조하는 사람이었어. 내가 이 지엄하신 나리랑 좁은 방을 같이 쓰는 남다른 행운(!)이 있다 보니, 그리고 은신처의 세 아이들 중 내가 가장 버릇없는 아이로 여겨지다 보니, 날이면 날마다 똑같은 꾸중과 훈계를 거듭 들어. 피할 수 있는 방법은 무시하는 것뿐이야. 뒤셀 씨가 그렇게 말이 많지 않다면, 그리고 그런 이야기를 엄마에게 남김없이 전하지만 않는다면 그래도 괜찮을 거야. 뒤셀 씨가 나를 꾸짖으면, 이어서 엄마가 다시 한번 혼내면서 벌도 주거든.

그리고 운이 특별히 좋으면 5분 후에 판 단 부인이 나를 불러서 무슨 일인지 묻고 또 꾸중을 하지!

흠잡기 좋아하는 가족들 틈에서 '버릇없는 아이'로 눈총받으며 사는 건 쉬운 일이 아니야.

밤에 누워서 내 많은 죄와 잘못을 생각해 보면 조심해야 할 게 너무 많아서 혼란스러워지고, 기분에 따라서 웃음이 나오거나 울음이 나오거나 해. 그러다 이상한 느낌 속에 잠이 들지. 내가 아닌 다른 사람이 되기를 원하는 느낌, 또는 나 자신이 내가 원하는 사람이 아닌 느낌, 아니면 내 현실이나 바람과는 다르게 행동하는 그런 느낌이야.

아, 내가 너까지도 혼란스럽게 하는 것 같다. 미안해. 하지만 이미 쓴 걸 지우기는 싫고, 이렇게 모든 것이 부족할 때 종이를 버릴 수는 없어. 그러니까 위의 문단은 다시 읽지 말고, 너무 깊이 생각하지도 마. 이해가 안 될 테니까!

1942년 12월 22일, 화요일

키티에게

내가 낮 동안 "시끄럽다."라는 말과 "조용히 하라."라는 말을 충분히 듣지 못하기라도 한 듯 내 멋진 룸메이트는 밤에도 나한테 "조용히 해라." 하고 화를 냈어. 그분에 따르면 나는 몸도 뒤집으면 안 돼. 나는 그 사람 말을 듣지 않을 거고, 다음에 또 그러면 바로 반격할 거야.

뒤셀 씨는 갈수록 더 짜증스럽고 이기적으로 굴고 있어. 내게 쿠키를 주겠다고 통 크게 약속하더니 첫 주 이후로 나는 그 쿠키를 구경하지 못했어. 그 사람하고 같이 있는 건 일요일이 특히 괴로워. 동이 트자마자 전등을 켜고 10분 동안 운동을 하거든.

나한테 그 고통은 몇 시간처럼 느껴져. 내가 침대 길이를 늘이려고 놓은 의자들이 내 졸린 머리 밑에서 흔들리거든. 지엄하신 나리께서는 두 팔을 세차게 흔들며 몸풀기 체조를 한 뒤 옷을 입어. 그리고 갈고리에 걸어 놓은 속옷을 가지러 한 번 쿵쿵거리며 갔다가 다시 쿵쿵거리며 내 침대 옆을 지나가. 그런데 넥타이가 테이블에 있어서, 다시 한번 의자들을 툭툭 치면서 지나가지.

하지만 짜증스런 노친네들 이야기로 네 시간을 빼앗지는 않겠어. 그런 일은 아무 도움도 안 돼. 내 복수 계획(전등을 소켓에서 빼 놓거나, 문을 잠그거나, 옷을 감추거나 하는 일들)은 안타깝지만 평화를 위해 포기했어.

아, 나는 얼마나 철이 들고 있는지 몰라! 여기서는 모든 걸 합리적으로 해야 해. 공부하는 일, 듣는 일, 입을 다무는 일, 남을 돕는 일, 친절을 베푸는 일, 적당히 타협하는 일, 그 밖에도 많지! 모든 걸 합리적으로 하려고 애쓰다 보면, 안 그래도 부족했던 내 상식은 빠르게 고갈되어서, 전쟁이 끝날 때면 하나도 남아 있지 않을 거야.

1943년 1월 30일, 토요일

키티에게

화가 나서 미치겠는데 그걸 드러낼 수가 없어. 막 소리 지르고 싶고, 발을 구르고 싶고, 엄마를 붙들고 흔들고 싶고, 울고 싶고, 그 밖에 또 뭐가 있는지 모르겠어. 엄마가 날마다 내게 화살처럼 쏘아 대는 잔인한 말과 비웃음과 비난 때문이야. 그걸 내 몸에서 빼내는 건 불가능해. 나는 엄마, 마르고트, 판 단 씨 가족, 뒤셀 씨, 그리고 아빠한테도 소리를 지르고 싶어. "날 좀 그만 괴롭혀요. 내가 하룻밤이라도 울다 지쳐 아픈 눈과 머리를 감싸 안고 잠들지 않게 해 줘요. 내가 모든 것에서, 이 세상에서 벗어나게 해 줘요!" 하고. 하지만 그럴 수 없어. 사람들에게 내 속마음, 또는 그들이 내게 입히는 상처를 보여 줄 수 없어. 나는 사람들의 연민이나 다정한 농담도 견딜 수 없어. 그런 것은 오히려 더 소리를 지르고 싶게 만들어.

사람들은 내가 말을 하면 잘난 척한다고 하고, 입을 다물면 웃긴다고 하고, 대답하면 버릇없다고 하고, 피곤해하면 빈둥거린다고 하고, 한 입만 더 먹어도 이기적이라고 하고, 거기다 또 어리석고, 비겁하고, 계산적이라는 둥 온갖 말로 나를 꾸짖어. 하루 종일 듣는 말이 '짜증 나는 아이'라는 것뿐이야. 아무리 웃으면서 신경 안 쓰는 척해도 신경 쓰여. 하느님한테 내 성격을 바꿔 달라고 부탁하고 싶을 지경이야. 사람들이 싫어하지 않을 성격으로.

하지만 그건 불가능해. 타고난 성격을 바꿀 수는 없고, 내가 볼 때 나는 나쁜 사람이 아니야. 내가 사람들을 기쁘게 하려고 얼마나 노력하는지 사람들은 백만 년이 지나도 모를 거야. 위층에 있을 때 나는 그런 일을 웃어넘기려고 해. 괴로운 모습을 보이기 싫으니까.

나는 어이없는 꾸중을 연달아 들은 뒤 여러 번 엄마한테 말했어.

"엄마가 뭐라고 해도 신경 안 써요. 그러니까 그냥 포기하세요. 나는 가망이 없어요."

하지만 엄마는 말대꾸하지 말라고 하고, 이틀 동안 나를 완전히 무시해. 그러다가 모든 걸 잊고 갑자기 다른 사람들을 대하듯 대하지.

나는 하루는 생글생글 웃다가 다음 날은 무섭게 화를 내는 일은 할 수 없어. 나는 중간 길을 갈 거고, 내 생각은 혼자 간직하겠어. 어쩌면 나도 지금 내가 받는 대접을 언젠가 다른 사람들에게 돌려줄 수 있을지 몰라. 아, 그럴 수만 있다면.

1943년 2월 5일, 금요일

키티에게

마르고트와 페터르는 '젊은이' 같지가 않아. 아주 조용하고 지루해. 두 사람 곁에 있으면 나는 눈에 확 띄고, 항상 "마르고트하고 페터르는 안 그러잖아. 너는 왜 언니처럼 못 하니?" 하는 잔소리를 듣게 돼. 나는 그게 싫어.

나는 마르고트를 닮고 싶은 생각이 눈곱만큼도 없다는 걸 말해야겠어. 언니는 너무 의지가 약하고 수동적이라서 나한테 안 맞아. 늘 남한테 휘둘리고 조금만 압력이 있어도 바로 포기해. 나는 활기찬 사람이 되고 싶어! 하지만 이런 생각은 아무한테도 말하지 않아. 이런 말을 하면 사람들은 비웃기만 할 거야.

1943년 4월 2일, 금요일

키티에게

내 죄의 목록이 하나 더 늘었어. 어젯밤에 침대에 누워서 아빠가 오면 함께 밤 기도를 하려고 기다리는데, 엄마가 들어와서 침대에 앉았어. 그리고 조용히 물었지.

"안네, 아빠가 지금 올 수가 없는데 오늘 밤에는 엄마하고 같이 밤 기도를 하는 게 어떻겠니?"

"싫어요, 엄마."

내가 대답했어.

엄마는 일어나서 잠시 서 있다가 천천히 걸어갔어. 그러더니 돌아서서 고통스런 얼굴로 말했어.

"너한테 화를 내고 싶지는 않아. 억지로 사랑해 달라고 할 수는 없으니까!"

그리고 눈물을 흘리며 방을 나갔어.

나는 가만히 누워서 엄마를 그렇게 냉혹하게 거절한 건 정말 못된 일이라고 생각했어. 그래도 다른 대답을 할 수가 없었어. 마음이 거부하는데 억지로 엄마와 함께 기도를 할 수는 없어. 그런 식으로는 안 돼. 엄마한테 (정말, 정말로) 미안했어. 태어나서 처음으로 엄마가 내 냉랭한 태도에 무심하지 않다는 걸 알았거든. 억지로 사랑해 달라고 할 수는 없다고 말하는 엄마의 얼굴은 슬펐어. 진실을 말하기는 어렵지만, 어쨌건 진실은 애초에 엄마가 나를 거절했다는 거야. 엄마의 요령 없는 말과 재미도 없는 잔인한 농담 때문에 내가 결국 엄마의 애정 표현에도 반응하지 않게 되었으니까. 내가 엄마의 심한 말에 상처받는 것처럼, 엄마도 이제 우리 사이에 사랑이 없다는 걸 깨달았을 때 상처를 입었어.

엄마는 그날 밤 우느라 잠을 못 잤어. 아빠는 내게 눈길을 주지도 않고, 어쩌다 나와 눈이 마주치면 그 눈길은 이렇게 말해.

"어떻게 그렇게 못되게 굴 수 있니? 어떻게 네 엄마를 그렇게 슬프게 할 수 있니?"

모두가 내 사과를 기다리지만, 이건 내가 사과할 수 있는 게 아니야. 나는 진실을 말했고, 그 진실은 엄마가 어쨌건 곧 알게 될 거였으니까. 나는 엄마의 눈물에도 아빠의 눈길에도 무신경해 보이고, 사실이 그래. 이제 두 분이 평소의 내 감정을 느끼고 있어. 엄마한테는 그냥 안타까울 뿐이야. 엄마는 앞으로 어떻게 해야 할지 스스로 알아내야 해. 나는 조용히 거리를 유지할 거고, 진실을 외면하지 않을 거야. 진실을 늦게 알수록, 두 분이 마침내 깨달았을 때 받아들이기가 더 힘들 테니까!

1943년 6월 13일, 일요일

키티에게

아빠가 내 생일 기념으로 써 준 시가 너무 좋아서 나 혼자만 간직하고 있을 수가 없어.

아빠는 시를 독일어로만 써서 마르고트가 네덜란드어로 번역해 주었어. 마르고트가 번역을 잘했는지 네가 한번 봐 줘. 시는 첫 부분에서 지난 일 년 동안을 요약한 다음 이렇게 이어져.

나이는 막내지만, 너도 이제 아기가 아니야.
네 인생은 힘들지 몰라. 우리가 너의
교사가 되었으니, 얼마나 지루하겠니?
"우리는 경험이 있으니 배워라!"
"우리는 이걸 다 해 봤어.
우리는 방법을 알아. 모두 다 똑같이."
까마득한 옛날부터 똑같았지.
자기 흠은 가벼운 것이지만,
다른 사람들의 흠은 심각해.
고난의 시기에 흠잡는 일은 아주 쉽지만,
네 부모가 아무리 노력해도
네게 공정과 친절을 베풀기는 힘들 거야.
잔소리하는 버릇은 잘 없어지지 않거든.

네가 늙은이들하고 살고 있으니

참는 수밖에 없어. 힘들지만 그게 진실이야.

쓴 약이지만 삼켜야 해.

평화를 지키기 위한 거니까.

이곳의 시간은 헛되지 않았어.

시간 낭비는 네 두뇌에 어긋나지.

너는 늘 책을 읽고 공부를 하면서

지루함을 몰아내려고 해.

이제 더 어렵고 괴로운 질문은 이거야.

"대체 무얼 입어야 하나요?

속옷이 하나도 없어요. 옷이 다 작아졌어요.

셔츠는 배꼽도 못 가려요. 창피해요!

신발을 신으려면 발가락을 잘라야 해요.

아, 너무 고통스러운 일이 많아요!"

마르고트가 식량 관련 대목은 운율을 잘 못 맞춰서 그 부분을 뺄게. 하지만 그것만 빼면 정말 좋은 시 같지 않니?

다른 사람들한테도 멋진 선물을 많이 받았어. 그중에는 내가 특별히 좋아하는 그리스 로마 신화에 대한 두꺼운 책도 있어. 사탕이 없다고 투덜거릴 수는 없어. 사탕은 모두에게 얼마 없으니까. 사실 나는 별채의 막내라는 이유로, 과분할 만큼 많이 받았어.

1943년 7월 29일, 목요일

키티에게

판 단 부인, 뒤셀 씨, 나, 이렇게 셋이 설거지를 했는데, 내가 거의 말이 없었어. 이런 일은 드무니까, 두 사람이 이상하다고 생각할 거 같았어. 그래서 질문을 피하려고 가벼운 이야깃거리를 생각해 보았어. 《건너편 집의 헨리》라는 책 이야기가 좋을 줄 알았는데, 완전히 오산이었어. 판 단 부인은 가만있었는데, 뒤셀 씨가 난리였어. 이유는 이래. 뒤셀 씨가 마르고트하고 나한테 이 책을 '글쓰기의 모범'으로 추천해 줬는데, 우리는 전혀 그렇지 않다고 생각했지. 주인공 소년의 묘사는 좋았지만, 나머지는…… 말을 안 하는 편이 좋아. 설거지를 하면서 그런 이야기를 했더니, 뒤셀 씨가 맹공을 퍼부었어.

"네가 남자 어른의 심리를 이해할 턱이 있나. 아이의 심리는 어렵지 않아. 하지만 너는 그런 책을 읽기엔 너무 어려. 아마 스무 살 남자도 그 책을 이해할 수 없을 거다."

그러면 왜 마르고트하고 나한테 그 책을 추천해 준 거지? 판 단 부인과 뒤셀 씨는 열변을 이어 나갔어.

"너는 쓸데없는 걸 너무 많이 알아. 교육을 잘못 받았어. 나중에 나이가 들면 세상이 재미없을 거야. 이렇게 말하겠지. '그건 20년 전에 어떤 책에서 읽은 거야.' 남편감을 찾거나 사랑을 하고 싶다면 서두르렴. 너한테는 모든 게 실망스러울 테니. 이론으로는 세상 모든 걸 알잖아. 하지만 현실은 이론과 전혀 달라!"

내 기분을 상상할 수 있겠니? 나는 놀랍게도 아주 차분히 대답했어.

"두 분은 제가 교육을 잘못 받았다고 생각하실지 몰라도, 다르게 생각하는 사람도 많아요!"

그 사람들이 생각하는 좋은 교육은 나하고 부모님을 이간질시키는 것 같아. 늘 그 일에 온 힘을 쏟고 있으니 말이야. 그리고 내 나이의 여자애에게 어른스러운 주제의 이야기를 전혀 하지 않는 건 좋은 일이야. 그런 식으로 교육받은 사람이 어떻게 되는지는 잘 아니까.

그 순간 나를 조롱하는 두 사람의 따귀라도 때리고 싶었어. 화가 머리끝까지 솟았어. 우리가 언제까지 함께 지내야 할지 알기만 했다면 날짜를 세기 시작했을 거야.

판 단 부인은 어쩌면 그렇게 사돈 남 말 하시는지! 그 아줌마가 모범이긴 하지. 나쁜 모범! 아줌마는 독단적이고, 이기적이고, 약삭빠르고, 계산적이고, 불평불만에 싸여 있어. 거기다 허영심과 아양은 더 말할 것도 없지. 아주 역겨운 인물이야. 아줌마에 대해서는 책 한 권도 쓸 수 있고, 나중에 정말로 쓸지도 몰라. 누가 그 표지를 예쁘게 디자인해 주면 좋겠어. 판 단 부인은 낯선 사람, 특히 남자들한테 아주 잘해 줘. 그래서 처음 만나는 사람들은 착각을 잘 하지.

엄마는 판 단 부인을 특급 멍청이라고 보고, 마르고트는 신경 쓸 가치도 없다고 생각하고, 아빠는 보기 흉하다고 (안과 밖이 다!) 여기지. 그리고 오랜 관찰의 결과 (나는 처음에는 편견이 없었어.) 나는 아줌마는 세 가지가 모두 맞고, 그것 말고도 나쁜 점이 많다고 결론을 내렸어.

아줌마는 흠이 너무 많아서 한 개를 콕 집어낼 수가 없어.

p.s. 이 글을 읽는 사람은 이 이야기는 분노가 가라앉기 전에 썼다는 걸 고려해 주길.

1943년 8월 10일, 화요일

키티에게

새로 떠오른 생각이 있어. 밥을 먹을 때 나는 다른 사람들보다 나 자신하고 이야기를 더 많이 해. 그건 두 가지 장점이 있어. 먼저 내 수다를 듣지 않아도 되니까 사람들한테 좋고, 둘째로 나도 사람들 반응에 괴로워할 필요가 없어. 나는 내 생각이 바보 같다고 생각하지 않지만, 다른 사람들은 그렇게 여기니까 그건 나 혼자 간직하는 편이 더 좋아. 나는 싫어하는 걸 먹을 때도 똑같이 해. 접시를 앞에 놓고 최대한 눈길을 주지 않으면서 맛있는 척하는 거야. 그러면 뭔지 깨닫기도 전에 다 먹어버려. 아침에 일어날 때 역시 괴로운 순간인데, 나는 침대에서 나오면서 "곧 다시 이불 속에 들어올 거야." 하고 생각해. 그리고 창가로 가서 암막 커튼을 치고, 틈새로 약간의 바깥 공기를 들이마시면서 잠에서 완전히 깨지. 나는 다시 침대로 들어가고 싶은 유혹을 없애려고 얼른 시트를 걷어. 엄마가 이런 일을 뭐라고 부르는지 알아? 삶의 기술이래. 재미있는 표현 아니니?

지난 일주일은 약간 혼란스러웠어. 사랑하던 베스테르토런의 종들이 전쟁 무기를 만들려고 실려 가서 낮에도 밤에도 정확한 시간을 모르게 되었거든. 나는 이 동네 사람들이 그 시계를 잊지 않도록 주석이나 구리 같은 걸로 종을 새로 만들었으면 좋겠어.

1943년 10월 29일, 금요일

키티에게

나는 불안에 무너질 때가 많은데, 일요일이면 더 그래. 일요일은 정말 괴로워. 분위기가 숨 막히고 답답해. 바깥에는 새 한 마리 울지 않고, 섬뜩하고 무거운 침묵이 집 전체를 뒤덮어서 나를 저승 가장 깊은 곳으로 끌고 가려는 것처럼 내게 달라붙어. 이럴 때 아빠, 엄마, 마르고트는 내게 아무 의미가 없어. 이 방 저 방 돌아다니고 계단을 오르락내리락하다 보면, 꼭 날개가 잘린 채 어두운 창살에 몸을 부딪히는 새가 된 느낌이 들어.

"날 내보내 줘, 신선한 공기와 웃음이 있는 곳으로!"

내 안의 목소리가 외쳐. 나는 거기 대답도 하지 않고 소파에 가서 누워. 잠을 자면 정적과 공포가 빨리 지나가고, 시간도 더 빨리 보낼 수 있어. 그것들을 없앨 수는 없으니까.

1943년 12월 24일, 금요일

키티에게

여기서 우리는 기분의 영향을 많이 받고, 내 경우는 요즘 그게 특히 심해지고 있어. "세상 꼭대기에 있거나 절망의 수렁에 빠져 있거나[5]"라는 말이 나한테 꼭 맞아. 우리가 얼마나 운이 좋은지 생각하고, 다른 유대인 아이들과 나를 비교해 보면, 나는 '세상 꼭대기에' 있는 것 같아. 하지만 클레이만 부인이 와서 요피의 하키 클럽, 카누 여행, 학예회, 친구들과 하는 다과 모임 이야기를 하면 '절망의 수렁'에 빠져 버려.

요피를 질투하는 건 아닌 것 같지만, 나도 한 번이라도 즐겁게 놀고 배가 아플 정도로 웃고 싶어.

우리는 나병 환자처럼 이 집에 틀어박혀 있어. 겨울과 크리스마스와 신년 휴일에는 더 그래. 사실 나는 이런 글도 쓰면 안 돼. 일기를 쓰다 보면 자꾸 내가 누리는 행운을 잊는 것 같거든. 하지만 모든 걸 마음속에만 간직하고 있을 수는 없으니, 나는 처음에 한 말을 다시 하겠어. '종이는 사람보다 인내심이 강하다.'라고.

밖에서 누가 옷에 바람을 달고, 뺨에 냉기를 묻히고 들어오면, 나는 '우리는 언제 다시 신선한 바깥 공기를 마실 수 있을까?' 하는 생각을 피하기 위해 머리를 이불에 파묻고 싶어. 하지만 그럴 수는 없어. 오히려 고개를 들고 담담한 얼굴로 상황을 맞아야 돼. 하지만 그래도 생각은 찾

---

5) 독일의 시인이자 소설가, 극작가인 괴테의 유명한 말

아와. 한 번이 아니라 계속해서.

일 년 반을 갇혀 살다 보면 때로는 너무 버겁다는 생각이 들어. 아무리 잘못되고 철없는 감정이라도 그냥 무시해 버릴 수는 없어. 나는 자전거를 타고 싶고, 춤추고 싶고, 휘파람을 불고 싶고, 세상을 보고 싶고, 내 어린 나이와 자유를 누리고 싶지만, 그런 감정을 보일 수는 없어. 우리 여덟 명이 모두 자기 연민에 빠져서 얼굴에 불만을 달고 다니면 어떨지 생각해 봐. 그러면 여기가 어떻게 되겠어? 나는 가끔 '사람들이 나를 이해할 날이 올까? 내 철없는 태도를 살짝 눈감아 주고, 내가 유대인일까 아닐까 하는 이야기를 그만두고, 나를 그냥 즐겁게 놀고 싶은 십 대로 봐 줄 수 있을까?' 하는 의문이 들어. 나는 그 답을 모르고, 누구하고도 그 이야기를 하고 싶지 않아. 눈물이 터질 게 분명하니까. 눈물은 혼자 흘리지만 않으면 위안이 될 수 있어. 이렇게 저렇게 생각해 보고 노력해 봐도, (매일 매시간) 나를 계속 사로잡는 건 날 이해하는 엄마를 갖고 싶다는 거야. 그래서 글을 쓸 때도 다른 일을 할 때도, 내가 나중에 되고 싶은 엄마의 모습을 상상해. 사람들 말을 너무 심각하게 받아들이지 않지만, 나라는 아이는 진지하게 받아들이는 엄마. 정확히 설명하기는 어렵지만 '엄마'라는 말 자체가 그런 뜻을 다 담고 있어. 엄마가 이런 생각을 모르는 건 다행이야. 알면 속상할 테니까.

이제 이 이야기는 그만. 글을 쓰다 보니 '절망의 수렁'에서 어느 정도 나온 것 같아.

1944년 1월 2일, 일요일

키티에게

오늘 아침에 할 일이 없어서 일기를 훑어보다가 정말 많은 글이 '엄마'를 강력한 말로 표현하고 있는 데 충격받았어. 나는 속으로 말했어.

'안네, 정말 네가 이렇게 미움을 이야기하는 거니? 안네, 어떻게 그럴 수 있니?'

나는 계속 일기장을 펼쳐 들고 내가 왜 그렇게 분노와 미움에 싸여서 너한테 털어놓지 않고는 못 배겼는지 생각해 봤어. 그리고 작년의 안네를 이해하고 변명하려고 해 보았어. 내가 너에게 이렇게 험담을 늘어놓으면서 그 이유를 설명하지 않으면 양심에 거리낄 것 같거든. 나는 (지금도 그렇지만) 그때 우울한 기분에 빠져 있었고, 그 우울감에 짓눌려서 다른 사람들(내가 변덕스런 성품으로 상처를 입힌)의 말을 차분하게 생각하고 그들과 똑같은 방식으로 행동하는 대신 오직 내 관점으로만 상황을 보았어.

내 안에 숨어들어 나만 생각하면서 내 기쁨, 냉소, 슬픔만 일기에 죽 적었어. 이 일기는 일종의 기록장이고 나한테 의미가 크지만, 그냥 지워버리고 싶은 페이지도 아주 많아.

나는 엄마한테 화가 났었어. (지금도 자주 그래.) 엄마가 나를 이해하지 못한 건 사실이지만 나도 엄마를 이해하지 못했어. 엄마는 나를 사랑해서 다정함을 베풀었지만 내가 엄마를 힘들게 했고, 엄마의 처지도 고달파서 불안과 짜증을 피하지 못했어. 나는 엄마가 왜 그렇게 나에게 자주 화를 냈는지 이해할 수 있어.

나는 상처 입었고, 그걸 마음에 깊이 담고서 엄마한테 버릇없게 굴었어. 그리고 그 일은 다시 엄마를 슬프게 만들었지. 우리는 서로를 괴롭히는 악순환의 고리에 빠졌어. 우리 둘 모두 불행한 기간이었지만, 어쨌건 지금은 끝나 가고 있어. 나는 어쩌다 이렇게 된 건지 들여다보지 않고 자기 연민에 빠졌지만, 그것도 이해할 수 있는 일이야.

내가 종이 위에 격렬하게 쏟아 낸 분노는 우리가 정상적인 생활을 했다면 방에 틀어박히거나 몇 차례 발을 구르거나 뒤에서 엄마 욕을 하면서 풀 수 있었을 거야.

눈물 속에 엄마를 욕하던 시절은 이제 지나갔어. 나는 그때보다 조금 철이 들었고, 엄마도 전보다는 안정되었어. 나는 웬만하면 기분이 나빠도 입을 다물 수 있고, 엄마도 그래. 그래서 표면적으로 우리 사이는 좋아진 것 같아. 하지만 내가 할 수 없는 게 한 가지 있고, 그건 자식의 마음으로 엄마를 사랑하는 일이야.

나는 엄마에 대한 비난은 엄마에게 날리는 것보다 종이 위에 내려놓는 게 낫다는 생각으로 양심을 달래고 있어.

1944년 1월 22일, 토요일

키티에게

사람들이 진정한 자신을 숨기려고 애를 쓰는 이유를 아니? 아니면 내가 다른 사람들과 함께 있을 때 행동이 달라지는 이유를? 또 사람들이 서로를 그렇게 믿지 못하는 이유는? 분명히 이유가 있겠지만, 때로 나는 내 마음을 누구에게도, 가장 가까운 사람에게도 털어놓을 수 없다는 게 너무 힘들어.

그 꿈을 꾼 날 밤 이후로 더 어른이 되고, 독립심도 더 커진 것 같아. 내가 판 단 씨 가족을 대하는 태도마저 달라진 걸 보면 너는 놀랄 거야. 나는 이제 우리 가족의 편견에서 나오는 모든 대화와 논쟁에 관심을 끊었어. 무엇이 이런 변화를 만든 걸까? 그건 우리 엄마가 달랐다면, 진짜 엄마 같았다면, 우리 관계가 달랐을 거라는 걸 내가 깨달았기 때문이야. 판 단 부인은 인격자가 아니지만, 어려운 일이 있을 때마다 엄마가 그렇게 까다롭게 굴지만 않으면 말다툼이 절반은 줄어들 거야. 어쨌거나 판 단 부인은 좋은 점이 하나 있어. 대화를 받아 준다는 거. 아줌마는 이기적이고, 인색하고, 음흉할지 몰라도, 누가 성미를 돋우어서 이성을 잃게 만들지만 않으면 물러설 줄 알아. 이런 방식이 늘 통하지는 않지만, 인내심을 가지고 꾸준히 시도해 볼 필요가 있어.

그 모든 갈등…… 예를 들어 우리의 교육 방식, 응석을 허용하지 않는 것, 식량 등 모든 것에 대한 갈등은 우리가 서로의 최악의 면만 보지 않고 너그럽고 우호적인 관계를 유지했다면 달랐을지도 몰라.

네가 뭐라고 말할지 알아, 키티.

"하지만 안네, 이게 정말 네 입에서 나오는 말이니? 위층 사람들[6]에게 그렇게 험한 말을 듣고 살면서? 그 부당함을 잘 알면서?"

내 입에서 나오는 말 맞아. 나는 주변을 새롭게 보고 나만의 의견을 만들고 싶어. '그 부모에 그 딸'이라는 말처럼 부모님을 흉내 내는 데 그치지 않고 말이야. 나는 판 단 가족을 다시 살펴보고, 무엇이 사실이고 무엇이 부풀려졌는지 판단하고 싶어. 그 결과로 그들에게 실망하면, 그때는 기꺼이 아빠와 엄마 편을 들 수 있어. 하지만 그렇지 않다면, 부모님의 태도를 바꾸기 위해 노력해 볼 거야. 그게 아무런 성과가 없어도, 나는 내 견해와 판단을 믿고 의지해야 돼. 나는 기회가 될 때마다 판 단 부인하고 우리의 여러 가지 차이에 대해 솔직하게 대화하고, 두려움 없이 내 공정한 의견을 제시할 거야. 내가 잘난 척한다는 평을 듣고 있기는 하지만 말이야. 우리 가족에 대해 부정적인 말을 하지는 않을 거야. 만약 다른 사람이 그런다면 가족을 옹호하기도 할 거야. 그리고 오늘 이후로 내 수다는 과거의 일이 될 거야.

지금까지 나는 이 모든 싸움의 원인이 판 단 가족이라고 굳게 믿었지만, 지금은 우리 잘못이 많다고 생각해. 우리는 대화의 주제와 관련해서는 옳았지만, 지성인이라면 (우리 식구 모두 지성인 아닌가?) 사람 다루는 법을 좀 알아야 해.

나에게 그런 능력이 조금 있고, 그걸 잘 활용할 수 있는 기회가 생기면 좋겠어.

---

6) 안네는 위층에 살던 판 단 가족을 위층 사람들이라고 썼다.

페테르와 나 사이에는

우정과 신뢰라는 아름다운 감정이 커 나갈 거야.

사랑은 누군가를 이해하고, 아끼고,

그 사람의 기쁨과 슬픔을 함께 나누는 거야.

"넌 항상 날 도와주고 있어!"

"어떻게?"

내가 놀라서 물었어.

"밝고 명랑한 모습으로."

사랑이란 연민과 비슷해

우정과 사랑 : '나'에서 '우리'로

1943년 11월 27일, 토요일

키티에게

어젯밤에 잠이 들자마자 한넬리가 앞에 나타났어.

한넬리는 누더기를 걸치고, 얼굴이 홀쭉해져 있었어. 한넬리의 큰 눈에 슬픔과 비난이 가득해서, 나는 그 애가 무슨 말을 하려는지 알 수 있었어.

"안네, 왜 나를 버린 거니? 날 구해 줘. 이 지옥에서 나를 꺼내 줘!"

하지만 나는 한넬리를 도와줄 수 없어. 나는 그냥 곁에서 다른 사람들이 고통 속에 죽는 걸 지켜볼 수밖에 없어. 내가 할 수 있는 건 하느님께 그 애를 우리에게 돌려보내 달라고 기도하는 것뿐이야. 꿈에는 한넬리만 나오고 다른 아이들은 안 나왔는데, 나는 그 이유를 알아. 나는 과거에 그 애를 오해했고, 또 철이 없어서 그 일이 한넬리를 얼마나 힘들게 했는지 몰랐어. 한넬리는 자기가 정말로 좋아한 여자 친구를 내가 빼앗아 가려고 하는 줄 알았을 거야. 불쌍한 한넬리, 얼마나 속상했을까! 이젠 알아, 나도 그런 감정을 느끼거든! 가끔씩 번쩍 깨닫기도 하지만, 그런 다음에는 다시 이기적이게도 내 고민과 즐거움에 파묻혀 버렸지.

내가 한넬리에게 그렇게 한 건 잘못이었어. 그리고 이제 그 애가 창백한 얼굴과 애원하는 눈길로 나를 힘없이 바라보았지. 내가 도와줄 수만 있다면! 하느님, 저는 이렇게 모든 걸 누리고 있는데, 한넬리는 죽음의 손길에 붙들려 있어요. 그 애도 저만큼 신앙심이 깊어요. 어쩌면 훨씬 깊을 거예요. 그 애도 옳은 일을 하고 싶어 했어요. 그런데 왜 저는 삶을 허락받고 그 애는 죽어야 하나요? 우리 둘이 무슨 차이가 있나요? 우리가 왜 이렇게 멀리 떨어져 있나요?

아, 한넬리. 전쟁이 끝나고 네가 살아서 돌아온다면, 내가 너를 맞아서 예전의 잘못을 모두 갚을 수 있을 거야.

하지만 내가 한넬리를 도와줄 수 있다고 해도, 그게 가장 필요한 건 지금일 거야. 한넬리도 나를 생각할까, 어떻게 생각할까 궁금해.

자비로운 하느님, 한넬리를 위로해서, 그 애가 혼자라고 느끼지 않게 해 주세요. 제가 그 애에게 연민과 사랑을 보낸다고 전해 주시면, 한넬리에게 도움이 될지도 몰라요.

이 생각은 그만해야 될 거 같아. 아무 소용없어. 하지만 그 애의 큰 눈이 자꾸 나를 따라다녀. 한넬리, 한넬리, 너를 거기서 빼내서 내가 누리는 모든 걸 너와 함께할 수 있다면.

하지만 이제 늦었어. 나는 도와줄 수도 없고, 지난 잘못을 바로잡을 수도 없어. 하지만 이제 한넬리를 잊지 않고, 항상 그 애를 위해 기도할 거야!

1943년 12월 29일, 수요일

키티에게

어젯밤에 다시 슬퍼졌어. 외할머니와 한넬리가 또 꿈에 나타났어. 아, 사랑하는 할머니. 할머니가 그렇게 힘들었던 일, 우리에게 언제나 친절을 베푼 일, 우리와 관련된 모든 일에 크나큰 관심을 기울인 일을 우리가 너무 몰랐어. 할머니는 그동안 내내 비밀을 감추고 있었으니까.[7] 할머니는 언제나 흔들림 없고 다정하셨어. 우리 누구도 실망시키지 않으셨을 거야. 무슨 일이 있어도, 내가 아무리 버릇없이 굴어도, 할머니는 나를 감싸 주셨어. 할머니가 나를 사랑했을까? 아니면 할머니도 나를 이해하지 못했을까? 모르겠어. 우리가 있었지만 할머니는 외로우셨을 거야. 많은 사람의 사랑을 받아도 외로울 수 있어. 누군가의 '유일한' 사람은 아니니까.

그리고 한넬리는 아직 살아 있을까? 무얼 하고 있을까? 하느님, 한넬리를 굽어살피고 우리에게 돌아오게 해 주세요. 한넬리, 너를 생각하면 내 운명이 걸었을지 모를 길이 떠올라. 나도 너와 똑같은 처지가 된 모습이. 그런데도 나는 왜 자꾸 이곳의 일들을 힘들어하는 걸까?

나는 한넬리, 그리고 한넬리와 함께 고통받는 사람들을 생각할 때를 빼면, 행복하고 만족해야 하지 않나? 나는 이기적이고 비겁해. 왜 나는 항상 최악을 생각하고 꿈꾸고, 공포의 비명을 지르고 싶어 하는 걸

---

7) 과거에 안네의 할머니는 병으로 죽음을 앞두었지만, 숨기고 있었다.

까? 왜냐하면 이런 가운데에도 내가 여전히 하느님에 대한 신앙이 부족하기 때문이야. 그분이 내게 과분하도록 많은 걸 주셨는데, 나는 날마다 실수만 저질러!

소중한 친구들이 겪는 고통은 우리도 힘들게 해. 사실 하루 온종일 울면서 보낼 수도 있을 거야. 하지만 우리가 할 수 있는 건 하느님께 기적을 빌고, 일부의 사람이라도 구해 달라고 기도하는 것뿐이야. 내가 그 일을 잘하고 있기를!

1944년 1월 6일, 목요일

키티에게

대화 상대를 찾고 싶은 열망이 너무 강해져서 어쩌다가 페터르를 그 상대로 삼아 보겠다는 생각을 하게 됐어. 낮에 페터르의 방에 간 일은 거의 없지만, 갈 때마다 그곳은 아늑하고 좋아 보였어. 하지만 얌전한 페터르는 귀찮아도 나가 달라는 말을 못 해. 그 오빠가 나를 귀찮은 애로 생각할까 걱정돼서 오래 머문 적은 없어. 어쨌건 페터르의 방에 갔다가 은근슬쩍 이야기를 걸 방법을 찾았는데, 어제 그 기회가 왔어. 요즘 페터르는 십자말풀이에 빠져서 하루 종일 그것만 해. 그런데 내가 그걸 도와주다가 그의 테이블에 마주 앉게 되었어. 페터르는 의자에, 나는 소파에.

페터르의 파란 눈동자를 보니, 내 예상치 못한 방문에 그가 몹시 부끄러워하는 걸 알 수 있었고, 나는 기분이 좋았어. 그의 깊은 속마음을 읽을 수 있었고, 또 그 얼굴에서 그가 어떻게 해야 할지 몰라 쩔쩔매면서도 자신이 남자라는 걸 희미하게 의식하는 걸 보았어. 그 수줍은 모습에 내 마음이 녹았어. 나는 그에게 말하고 싶었어.

"내게 오빠 이야기를 해 줘. 내 떠들썩한 겉모습 말고 안을 봐 줘."

하지만 떠오른다고 그걸 다 말할 수는 없었지.

저녁이 지나는 동안 아무 일도 없었어. 예외는 내가 안면 홍조에 대한 기사 이야기를 한 것뿐이야. 물론 너한테 쓴 것처럼 자세하게는 말 못 하고, 그냥 오빠도 나이가 들면 더 안정될 거라고만 이야기했어.

그날 밤 나는 침대에서 눈이 퉁퉁 붓도록 울었지만, 소리는 내지 않았어. 내가 페터르의 호의를 바란다는 사실이 기가 막혔어. 하지만 사람들은 자기 열망을 위해서라면 무슨 일이라도 하잖아. 나 역시 페터르의 방에 좀 더 자주 가서, 어떻게 해서든 그와 이야기하기로 마음먹었어.

내가 페터르를 짝사랑한다고 생각하지는 마. 그건 아니니까. 판 단 가족에게 아들 대신 딸이 있었다면, 나는 그 딸하고도 친구가 되려고 했을 거야.

오늘 아침에 나는 7시 직전에 일어났고, 무슨 꿈을 꾸었는지 바로 기억했어. 내가 의자에 앉아 있었고, 맞은편에는 페터르가 있었는데…… 페터르 판 단이 아니라 페터르 베셀[8]이었지. 우리는 같이 마리 보스의

8) 은신처에 오기 전 안네가 좋아하던 남자아이

그림을 보고 있었어. 꿈이 너무 생생해서 아직도 그 그림들이 눈앞에 보이는 것 같아. 꿈은 계속 이어졌어. 페터르의 눈이 갑자기 나하고 마주쳤고, 나는 오랫동안 그 부드러운 갈색 눈동자를 들여다보았어. 그가 나직하게 말했어.

"내가 미리 알았다면, 오래전에 너에게 왔을 텐데!"

나는 가슴이 너무 벅차올라서 고개를 옆으로 돌렸어. 그런 뒤 부드럽고 서늘한 뺨이 내 뺨에 닿았고, 그 느낌은 정말로, 정말로 좋았어…….

그 순간 잠에서 깼는데, 그 뺨의 느낌이 계속 남아 있고, 그 갈색 눈동자도 계속 나를 들여다보는 것 같았어. 내가 자신을 사랑했고 지금도 사랑한다는 걸 다 안다는 눈빛이었고, 나는 다시 눈물이 차올랐어. 그를 또다시 잃은 게 슬펐어. 하지만 기쁘기도 했어. 아직은 나한테 그 페터르가 내게 유일한 페터르라는 걸 확실히 알 수 있어서.

웃기는 일이지만, 내 꿈은 가끔 너무 생생해. 어느 날은 친할머니가 피부 주름까지 다 보일 만큼 생생하게 나왔지. 또 언젠가는 외할머니가 내 수호천사로 나왔어. 그다음에는 한넬리가 나왔어. 그 애는 아직도 나한테 고통받는 친구들과 유대인 전체를 상징해. 그래서 내가 한넬리를 위해 기도하면 유대인 전체와 모든 어려운 이를 위해 기도하는 것도 돼.

그리고 이제 페터르가 나온 거야. 나의 페터르가. 나는 그의 모습을 그렇게 선명하게 떠올린 적이 없었어. 너무 뚜렷해서 사진도 필요 없을 지경이야.

1944년 1월 12일, 수요일

키티에게

여기 모든 사람이 《구름 없는 아침》이라는 책을 읽고 있어. 엄마는 그 책에 청소년 문제가 많이 나와서 좋대. 나는 그 말에서 아이러니를 느꼈지.

"엄마 옆의 청소년에게 먼저 관심을 가지세요!"

엄마는 마르고트하고 내가 세상 누구보다 부모님과 관계가 좋고, 엄마 자신보다 자식들 인생에 관심을 기울이는 엄마는 없다고 생각하는 것 같아. 엄마가 생각하는 건 물론 언니일 거야. 마르고트한테는 나 같은 문제와 생각이 없을 테니까. 하지만 나도 엄마한테 둘째 딸은 엄마 생각하고는 완전히 다르다고 지적하지 않아. 그러면 엄마는 혼란스러울 테고, 어쨌건 그런다고 변하지도 않을 거니까. 기대하는 게 없기 때문에, 엄마에게 그런 슬픔은 주고 싶지 않아. 엄마도 나보다 마르고트가 엄마를 훨씬 더 사랑하는 걸 알지만, 지금은 내가 성장의 한 단계를 지나가고 있다고만 생각해.

마르고트는 훨씬 부드러워졌어. 예전하고는 달라. 요새는 전처럼 심술궂지 않고, 진짜 친구 같아졌어. 이제는 나를 하찮은 꼬맹이로 생각하지 않아.

웃기지만, 나도 가끔 나를 다른 사람의 눈으로 볼 수 있어. '안네 프랑크'라는 사람을 찬찬히 살펴보면서 모르는 사람처럼 그 인생의 페이지들을 훑어봐.

여기 오기 전, 그러니까 지금처럼 생각이 많지 않았을 때에도 나는 가끔 내가 엄마, 아빠, 마르고트와 한 가족이 아니고 언제나 약간 외톨이처럼 지낼 거라고 느꼈어. 때로는 6개월 정도 내가 고아인 척하면서 지낸 적도 있어. 그러다가 실제로는 복이 많은 주제에 피해자인 척한다고 나를 꾸짖었지. 그런 다음에는 한동안 억지로 잘 지냈어. 매일 아침 계단에 발소리가 나면 나는 엄마가 들어와서 아침 인사를 해 주기를 바랐어. 그러면 나도 다정하게 인사해야지 하면서. 나는 정말로 엄마의 따뜻한 눈길을 기대했으니까. 하지만 엄마는 번번이 내 말에 화를 내고, 나는 기가 죽어서 학교에 갔지.

집에 돌아올 때는 엄마가 걱정거리가 많아서 그렇다고 엄마의 변명거리들을 생각했어. 그리고 신이 나서 집에 돌아와 조잘거리지만, 아침과 같은 일이 반복되고, 결국 나는 가방을 들고 우울한 얼굴로 물러났어. 가끔은 화를 풀지 말아야겠다고 생각했지만, 학교가 끝나면 늘 할 말이 너무 많아서 결심을 다 까먹고 엄마가 얼른 내게 와서 이야기를 들어 주기를 바라며 돌아왔어. 그러다 결국 더는 계단의 발소리에 귀를 기울이지 않고, 매일 외로움 속에 베개를 눈물로 적시는 일도 그만두게 되었어.

이곳에서는 모든 게 훨씬 악화됐어. 하지만 그건 너도 이미 알고 있지. 그런데 이제 하느님이 나를 도와줄 사람을 보냈고, 그게 페터르야. 나는 펜던트를 어루만지고 거기 입을 맞추면서 생각해.

"무슨 상관이야! 나한테 페터르가 있고, 아무도 그걸 모르는데!"

이런 생각으로 사람들의 고약한 말을 이겨 내. 여기 사람들 중 누가 십 대 여자애의 마음속에 이렇게 많은 일이 벌어지는 걸 알겠어?

1944년 2월 12일, 토요일

키티에게

태양이 빛나고 있어. 하늘은 선명한 파란빛이야. 산들바람이 상쾌하게 불고, 나는 모든 걸 열망해. 정말로 간절히 열망해. 대화, 자유, 친구, 혼자 있는 것, 그리고 우는 것까지! 나는 터져 버릴 것 같아. 울기라도 하면 좀 낫겠지만 그럴 수 없어. 어떻게 해야 할지 모르겠어. 그냥 이 방 저 방을 왔다 갔다 하다가 창문 틈새로 숨을 쉬고 내 심장 박동을 느껴 볼 뿐이야. "내 열망을 채워 줘." 하고 말하는 것처럼.

내 안에 봄이 온 것 같아. 봄이 깨어나는 게 느껴져. 온몸과 영혼에 느껴져. 평소처럼 행동하라고 나를 다그쳐야 해. 나는 극도의 혼란 상태야. 무얼 읽을지, 무얼 쓸지, 무얼 해야 할지 모르겠어. 그저 내 안에 열망이 있다는 것밖에 모르겠어…….

1944년 2월 14일, 월요일

키티에게

토요일 이후 나에게 많은 변화가 있었어. 요약해서 말하자면, 내가 열망한 무언가의 아주 일부가 해결됐다는 거야.

일요일 아침에 기분 좋게도 페터르가 나를 자꾸 보는 게 느껴졌어. 평소와는 달랐어. 전에는 그가 마르고트를 좋아한다고 생각했는데 갑자기 그게 아닌 거 같다는 느낌이 들었어. 나는 하루 종일 페터르를 너무 많이 보지 않으려고 애썼어. 볼 때마다 서로 눈이 마주치고 그러면 기분이 아주 좋은데, 그런 느낌을 너무 자주 받으면 안 돼.

일요일 저녁에 아빠와 나만 빼고 모두 라디오 앞에 모여서 '독일 거장의 불멸의 음악'을 들었어. 뒤셀 씨가 다이얼을 자꾸 돌려서 페터르를 비롯한 모두를 짜증 나게 했어. 페터르는 30분 동안 참다가 약간 날카롭게 라디오를 가지고 그만 장난치라고 했어. 뒤셀 씨는 평소의 오만한 목소리로 그건 자기가 결정한다고 대답했어. 페터르는 화가 나서 버릇없는 말을 했어. 하지만 판 단 씨가 페터르의 편을 드니까, 뒤셀 씨는 물러나야 했어. 그걸로 끝이었어.

두 사람이 다툰 이유가 특별히 대단한 건 아니었는데, 페터르는 그 일을 심각하게 생각한 거 같아. 오늘 아침 내가 다락방에서 책 상자를 뒤지는데, 페터르가 와서 그 이야기를 했거든. 나는 그 일을 전혀 몰랐는데, 내가 이야기를 진지하게 들어 주니까 페터르는 약간 열을 올렸어.

"그러니까 이런 거야."

그가 말했어.

"나는 평소에는 말을 별로 안 해. 말을 잘 못한다는 걸 아니까. 말을 하다 보면 중간에 더듬고 얼굴이 빨개지고 말이 꼬이고, 결국 적절한 표현을 못 찾아서 입을 다물게 돼. 어제도 그랬어. 다른 말을 하려고 했는데, 입을 여니까 뒤죽박죽이 됐어. 짜증 나. 전에 나쁜 버릇이 있었는데 지금도 그러고 싶을 때가 있어. 전에는 누구한테 화가 나면, 말로 하지 않고 그냥 패 버렸거든. 그게 좋은 방법은 아닌 걸 알고, 그래서 네가 대단해 보여. 너는 하고 싶은 말을 못 할 때가 없잖아. 하고 싶은 대로 말하고, 쩔쩔매는 일도 없어."

"아냐, 오빠가 잘못 아는 거야."

내가 대답했어.

"나도 만날 생각하던 거랑 다르게 말해. 그리고 나는 말이 너무 많고, 그것도 나쁘기는 마찬가지야."

"그럴지도 모르지만, 아무한테도 당황한 모습은 보여 주지 않잖아. 너는 얼굴을 붉히거나 무너지는 일이 없어."

나는 속으로 페터르의 말이 너무 재미있었어. 하지만 이야기를 계속 듣고 싶어서, 웃음을 감추고 쿠션에 앉아서 두 팔로 무릎을 감싼 채 그를 깊이 응시했지.

이 집에서 나처럼 분노가 폭발하는 사람이 또 있다는 게 기뻐. 페터르는 다른 사람에게 일러바칠 걱정이 없는 사람에게 뒤셀 씨 욕을 할 수 있어서 좋은 것 같았어. 나도 기뻤어. 여자 친구들하고만 느꼈던 강렬한 우정을 느꼈거든.

1944년 2월 18일, 금요일

키티에게

내가 위층에 올라가는 건 언제나 '그'를 보기 위해서야. 기대할 게 생기니까 이곳의 삶이 훨씬 좋아졌어.

어쨌건 내 우정의 대상은 늘 여기 있고, 또 라이벌을 걱정할 필요가 없으니까. (마르고트만 빼고.) 내가 그를 이성으로 좋아하는 건 아니지만, 페터르와 나 사이에는 우정과 신뢰라는 아름다운 감정이 커 나갈 거야.

1944년 2월 23일, 수요일

키티에게

어제부터 날씨가 너무 좋고, 내 기분도 훨씬 좋아졌어. 내가 가진 가장 좋은 것인 글쓰기도 잘되고 있어. 나는 거의 매일 아침 다락에 올라가서 내 폐에 담긴 퀴퀴한 공기를 내뱉어. 오늘 아침에 갔을 때는 페터르가 청소를 하고 있었어. 그는 얼른 청소를 마치고 내가 늘 앉는 자리로 왔지. 우리는 함께 파란 하늘을 내다보았어. 헐벗은 밤나무에 이슬이 영롱했고, 갈매기를 비롯한 많은 새들이 은빛을 반짝이며 하늘을 가로질렀어. 우리는 그 아름다움에 취해 아무 말도 못 했지. 그는 두꺼운 나무 들보에 머리를 대고 서 있고, 나는 앉아 있었어. 우리는 공기를 들이마시면서 밖을 내다보았고, 페터르도 나도 말을 하면 그 순간의 마법이

깨진다고 느꼈어. 우리는 그렇게 아주 오랫동안 있었고, 페터르가 장작을 패러 지붕 창고로 올라갈 때 나는 그가 괜찮은 남자라는 생각이 들었어. 페터르가 사다리를 타고 지붕 창고로 올라가자 나도 따라갔고, 그가 장작을 패는 15분 동안 우리는 아무 말도 하지 않았어. 나는 약간 떨어진 거리에서 그를 보았는데, 그가 힘을 뽐내고 장작을 잘 패려고 애쓰는 걸 알 수 있었어. 하지만 나는 창밖으로 암스테르담도 내다보았지. 무수한 지붕 위를 지나 너무 창백해서 거의 투명해 보이는 수평선까지.

'이런 즐거움이 있다면, 이런 햇빛과 맑은 하늘을 누릴 수 있다면, 어떻게 슬퍼할 수 있겠어?'

나는 생각했어.

겁먹고 외롭고 슬픈 사람들에게 최고의 치료법은 밖에 나가는 거야. 나가서 혼자 있는 것, 오직 하늘, 자연, 하느님하고만 함께. 오직 그럴 때에만 알게 될 거야. 모든 것은 섭리에 따른다는 것, 하느님은 사람들이 자연의 아름다움과 단순함 속에서 행복을 찾기 원하신다는 것을.

이런 즐거움이 있는 한 어떤 상황, 어떤 슬픔에도 위안이 있을 거야. 나는 자연이 고통받는 모든 이에게 위안을 줄 수 있다고 믿어.

누가 알아? 어쩌면 나도 곧 나와 같은 생각을 하는 사람하고 이런 넘치는 행복감을 함께 나누게 될지도 몰라.

p.s. 페테르에게

우리는 여기서 너무 오랫동안 아주 많은 걸 잃고 살았어. 나도 그게 오빠만큼 안타까워. 외적인 걸 말하는 게 아니야. 우리는 그 점에서는 부족한 게 없으니까. 내가 말하는 건 내적인 거야. 나도 오빠처럼 자유와 신선한 공기를 열망하지만, 우리는 어쩌면 그걸 잃은 대신 큰 보상을 받고 있는지도 몰라. 내면적으로 말이지. 오늘 아침에 창가에 서서 하느님과 자연을 내다볼 때 나는 행복했어. 그냥 행복했어. 사람들이 자기 안에 그런 종류의 행복, 아름다운 자연, 건강, 그 밖의 많은 것을 느끼는 한, 언제라도 그 행복을 찾아올 수 있을 거야. 부, 지위 같은 건 모두 잃어버릴 수 있어. 하지만 마음속 행복은 흐려진다고 해도 우리 곁을 떠나지 않아. 그리고 우리가 살아 있는 한 언제나 우리에게 다시 행복을 주려고 하지. 외로움이나 슬픔이 찾아오면, 날씨가 좋은 날 지붕 창고에 올라가서 바깥을 내다봐. 집과 지붕들 말고 하늘 말이야. 두려움 없이 하늘을 볼 수 있는 한, 오빠의 내면은 순수한 거고, 다시 행복을 찾을 수 있을 거야.

1944년 3월 2일, 목요일

키티에게

오늘 마르고트하고 같이 다락에 갔어. 언니하고 같이 다락에 있는 일은 페테르나 다른 사람하고 같이 있는 것만큼 즐겁지 않아. 언니도 거의 모든 일에서 나하고 똑같이 느낄 거야!

베프는 설거지를 하면서 엄마하고 판 단 부인한테 자신의 고충에 대해서 말했어. 엄마하고 판 단 부인이 베프에게 무슨 도움을 주었겠어? 특히 우리 요령 없는 엄마는 일을 더 악화시키기만 했지. 엄마가 베프한테 뭐라고 조언했는지 알아? 고통받는 다른 사람들을 생각하래. 자기가 힘든데 다른 사람의 고통을 어떻게 생각하냐고 내가 질문했어. 물론 그들의 반응은 나는 이런 대화에 끼어들면 안 된다는 거였어.

어른들은 정말 바보야! 페터르하고 마르고트, 베프, 나는 똑같은 감정이 없다는 건가? 정말로 도움이 되는 건 '어머니의 사랑' 또는 아주 가까운 친구의 사랑뿐이야.

하지만 이 두 어머니는 우리에 대해서 아는 게 아무것도 없어! 어쩌면 판 단 부인은 우리 엄마보다는 조금 더 잘 알지 몰라. 내가 불쌍한 베프에게 말을 해 줄 수 있었다면, 내가 경험으로 터득한 걸 말해 줄 수 있었다면 도움이 되었을 거야. 하지만 아빠가 끼어들어서 나를 옆으로 밀었어. 모두가 너무 바보 같아!

나는 마르고트하고도 아빠 엄마 이야기를 했어. 두 분이 조금만 부드럽다면, 이곳의 생활이 한결 나아질 거라고. 그랬다면 우리는 저녁에 주제를 놓고 토론하는 모임도 꾸릴 수 있었을 거야. 하지만 그런 건 이제 다 끝났어. 여기서는 내가 발언을 하는 게 불가능해! 판 단 씨는 바로 공격에 나서고, 엄마는 조롱만 할 뿐 정상적인 목소리로는 말을 못 해. 아빠는 조용히 겉돌고, 뒤셀 씨도 마찬가지고, 판 단 부인은 무수한 공격을 받고 벌게진 얼굴로 지쳐 앉아 있어. 그러면 우리는? 우리는 의견을 가질 권리도 없어! 얼마나 현대적인 분들인지 몰라! 의견도 가질 수 없다니! 어른들이 우리 입을 다물게 할 수는 있지만, 의견을 갖는 것까지 막을 수는 없어. 상대가 아무리 어려도, 의견을 못 가지게 할 수는 없어! 베프와 마르고트와 페터르와 나를 도와줄 수 있는 건 깊은 사랑과 헌신인데, 여기 그런 건 없어. 그리고 누구도, 특히 이곳의 어리석은 현자들은 우리를 이해할 수 없어. 우리는 그들이 알고 있는 것보다 더 예민하고 생각도 훨씬 앞서 있으니까!

사랑, 사랑이란 뭘까? 그걸 말로 표현할 수는 없을 거야. 사랑은 누군가를 이해하고, 아끼고, 그 사람의 기쁨과 슬픔을 함께 나누는 거야. 거기에는 결국 육체적인 사랑도 포함되지. 무언가를 함께하고 나누어 주고, 그 대가로 무언가를 받는 거야. 결혼을 했건 안 했건, 아기가 있건 없건 상관없어. 순결을 잃는 것은 중요하지 않아. 평생토록 자신을 이해하고, 다른 사람과 공유할 필요가 없는 사람이 생길 테니까!

요즘 엄마는 다시 나한테 불만이야. 질투를 하는 게 분명해. 내가 엄마보다 판 단 부인하고 더 이야기를 많이 해서. 하지만 상관 안 해!

오늘 오후에 나는 페터르를 붙들고 같이 45분 이상 이야기를 했어. 페터르는 무언가 이야기하고 싶어 했지만, 그러는 걸 어려워했어. 하지만 한참이 지난 뒤에 마침내 이야기를 꺼냈지. 나는 기다려야 할지 가야 할지 솔직히 잘 몰랐어. 하지만 그를 돕고 싶었어! 그래서 베프 이야기를 하고 우리의 요령 없는 어머니들 이야기를 했어. 페터르의 부모님은 항상 싸운대. 정치에 대해, 담배에 대해, 그냥 온갖 것에 대해. 이미 말했듯이 페터르는 아주 수줍은 성격이지만, 부모님을 1~2년 동안 안 보고 살아도 아무 문제 없다고 말하는 패기는 있었어.

"우리 아빠는 보기만큼 순하지 않아. 하지만 담배 문제라면 엄마가 백번 옳지."

그가 말했어.

나는 그에게 우리 엄마 이야기를 했어. 그런데 페터르는 우리 아빠를 감싸 주었어. 우리 아빠는 '멋진 남자' 같대.

오늘 밤 내가 설거지를 마치고 앞치마를 걸 때 페터르가 나를 불렀어. 그러더니 자기 부모님이 또 싸우고 말을 하지 않는 걸 아래층[9]에 이야기하지 말아 달라고 했지. 나는 이미 마르고트에게 이야기했지만, 그러겠다고 했어.

하지만 마르고트는 그 이야기를 퍼뜨리지는 않을 거야.

"페터르, 나는 걱정하지 마. 나는 그렇게 입이 가벼운 아이는 아냐. 오빠한테 들은 말을 그대로 전하는 일은 없어."

그는 기뻐했어. 나는 그에게 여기는 정말 뒷담화가 많다고 말했지.

"하지만 마르고트 말대로 난 솔직하지 않아. 뒷담화를 그만두고 싶다고 말하면서, 뒤셀 씨 뒷담화를 가장 좋아하거든."

"솔직히 인정하는 건 좋은 일이야."

---

9) 판 단 가족 아래층에 사는 안네 가족을 의미한다.

그가 말하고 얼굴을 붉혔어. 가식 없는 칭찬에 나도 좀 부끄러워졌어.

그런 뒤 우리는 '위층'과 '아래층'에 대한 이야기를 더 했어. 페터르는 내가 자기 부모님을 좋아하지 않는다는 말에 약간 놀랐어.

"오빠는 내가 항상 솔직하다는 걸 알아. 그러니까 그걸 감출 이유가 없지. 오빠도 나도 그분들의 문제점을 알아."

그리고 덧붙였어.

"나는 오빠를 도와주고 싶어. 그래도 되겠어? 오빠는 지금 아주 불편한 처지잖아. 말은 안 해도 나는 오빠가 괴로운 걸 알아."

"네가 도와준다면 언제라도 고맙지!"

"어쩌면 오빠가 우리 아빠하고 이야기를 하는 것도 방법일지 몰라. 우리 아빠한테는 무슨 말을 해도 소문이 돌지 않으니까."

"그래, 그분은 좋은 분이야."

"우리 아빠를 좋아하는 거지?"

페터르가 고개를 끄덕이자 내가 말했어.

"아빠도 오빠를 좋아해!"

그는 나를 보고 얼굴을 붉혔어. 이런 몇 마디 말로 그를 행복하게 해주었다는 게 정말 기뻤어.

"그렇게 생각해?"

그가 물었어.

"응, 아빠가 이따금 툭툭 던지는 말을 들으면 알 수 있어."

내가 말했어.

그때 판 단 씨가 뭔가 명령을 내리려고 들어왔어.

페터르는 우리 아빠처럼 '멋진 남자'야!

1944년 3월 3일, 금요일

키티에게

오늘 밤 촛불을 바라보는데 다시 차분한 행복감이 들었어. 외할머니가 촛불 속에 계신 것 같고, 나를 지켜 주고, 내게 다시 행복을 주시는 것 같아. 하지만…… 내 감정을 지배하는 건 다른 사람이고 그 사람은…… 페터르야. 오늘 내가 감자를 가지러 가서 냄비에 가득 담아 계단을 내려오는데 그가 물었어.

"오늘 점심 식사 때 뭐 했니?"

나는 계단에 앉았고 우리는 대화를 했어. 감자는 5시 15분에야 부엌에 배달되었어. 페터르는 부모님 이야기는 더 하지 않았어. 우리는 그냥 책 이야기랑 예전 이야기를 했어. 아, 페터르가 나를 너무나 따뜻하게 바라보아서 금세 그를 사랑하게 될 것 같아.

오늘 저녁에 그가 바로 그 주제를 꺼냈어. 나는 감자를 까고 그의 방에 갔다가 방이 덥다고 했지.

"마르고트하고 나는 얼굴이 온도계야. 추우면 하얘지고 더우면 빨개져."

내가 말했어.

"사랑 때문에?"

그가 물었어.

"내가 왜 사랑을 해?"

그건 아주 바보 같은 대답이었어. (아니 질문이었지만.)

"하면 안 돼?"

그가 말했고, 그런 뒤 저녁 시간이 됐지.

그게 무슨 말이었을까? 오늘 나는 마침내 그에게 내 수다가 듣기 싫은지 물었어. 그의 대답은 "나는 괜찮아!"가 전부였어. 그게 그의 수줍은 성격 때문인지 어쩐지 모르겠어.

키티, 내가 꼭 사랑에 빠져서 애인 이야기만 하는 사람 같지? 그런데 페터르는 정말 사랑스러워. 내가 그에게 이 말을 할 수 있을까? 그도 똑같이 생각해야 가능하지만, 나는 까탈스러운 사람이고 그도 그걸 잘 알아.

그리고 그는 혼자 있는 걸 좋아해서 나를 얼마나 좋아하는지 모르겠어. 어쨌건 우리는 서로를 조금씩 알아 가고 있어. 앞으로 이야기를 더 많이 했으면 좋겠어. 하지만 누가 알겠어? 어쩌면 그때가 내 생각보다 더 일찍 올지도 몰라!

그는 나에게 하루에 한두 번 의미심장한 눈길을 보내, 그러면 나는 윙크로 대답하고, 우리 둘 다 행복해하지. 그가 행복하다고 말하는 건 좀 웃기지만, 어쨌건 그도 나하고 똑같은 생각이라는 느낌이 강력해.

1944년 3월 12일, 일요일

키티에게

여기 상황은 갈수록 이상해져.

페테르는 어제부터 나를 외면하고 있어. 나한테 화가 난 것처럼 굴어. 나는 그를 쫓아다니지 않고, 말도 최대한 줄이려고 하지만 쉽지 않아! 그는 무슨 일로 한 순간은 내게 거리를 두다가 다음 순간에는 내 곁으로 달려오는 걸까? 아마 내가 괜히 더 나쁘게 상상하는 건지도 몰라. 어쩌면 그가 그냥 나처럼 변덕스러워서, 내일이면 다시 모든 게 괜찮아질지도 몰라!

너무 답답하고 슬픈데 평소처럼 행동하려고 하는 게 힘들어. 나는 사람들과 이야기하고, 여기저기 집안일을 돕고, 다른 사람들과 앉아 있고, 거기다가 명랑하게 굴어야 해! 나는 무엇보다 바깥 공기가 그립고, 원하는 만큼 혼자 있을 장소가 필요해! 내가 모든 걸 뒤죽박죽으로 만들었나 봐, 키티. 하지만 지금은 너무 혼란스러워. 한편으로는 페테르에 대한 열망으로 반쯤 얼이 빠졌어. 같은 공간에 있으면 그를 보지 않을 수가 없어. 또 한편으로는 왜 그가 나에게 이렇게 큰 영향을 미쳐야 하는 건지, 왜 내가 다시 차분해질 수 없는 건지 이해가 안 돼!

나는 밤낮없이 내게 물어봐.

'네가 페테르에게 혼자 있을 시간을 충분히 주었니? 위층에서 너무 많은 시간을 보내는 거 아니니? 그는 아직 말하고 싶지 않은 심각한 이야기를 너무 많이 꺼내는 것 아니니? 어쩌면 그는 너를 좋아하지 않을

지도 몰라. 다 네 머릿속 상상뿐일 수도 있어. 하지만 그렇다면 그가 너한테 자기 이야기를 그렇게 많이 한 이유는 뭐지? 지금은 그런 일을 후회하나?'

그 밖에도 많은 질문들을 하지.

어제 오후에는 바깥에서 오는 슬픈 소식에 지쳐서 내 소파에 누워 낮잠을 잤어. 그냥 잠을 자면서 아무 생각도 안 하고 싶었어. 그렇게 4시까지 잤고, 그런 뒤 옆방에 가야 했어. 엄마의 많은 질문에 답을 하고 아빠에게 낮잠의 이유를 둘러대는 일은 쉽지 않았어. 그냥 두통이 있다고 했고, 그건 거짓말이 아니었어. 머리가 아픈 건 맞았으니까!

평범한 사람들, 평범한 여자애들, 나 같은 십 대들은 날 보고 자기 연민으로 제정신이 아니라고 생각할 거야. 하지만 그게 문제야. 나는 너한테만 내 마음을 모두 털어놓고, 다른 때에는 질문과 불안해지는 일을 피하려고 최대한 건방지고 명랑하고 씩씩하게 굴거든.

친절한 마르고트는 내가 속마음을 털어놓기를 바라지만, 언니에게 모든 걸 말할 수는 없어. 언니는 나를 지나치게 심각하게 받아들이고, 많은 시간을 들여 정신 나간 여동생을 생각하거든. 내가 말할 때마다 언니는 나를 유심히 보면서 '얘가 연기를 하는 건가? 아니면 진심인 건가?' 하고 고민해.

이유는 우리가 늘 함께 있기 때문이야. 나는 내가 비밀을 털어놓은 사람이 내 곁에 계속 있는 건 싫어. 언제 이 뒤엉킨 생각을 풀까? 언제 마음의 평화를 되찾을 수 있을까?

1944년 3월 16일, 목요일

키티에게

날씨가 눈부셔. 뭐라 말할 수 없이 아름다워. 나는 곧 다락에 올라갈 거야.

이제 내가 왜 페터르보다 훨씬 더 불안한지 알았어. 페터르는 자기 방이 있어서 거기서 공부하고 꿈꾸고 생각하고 잠잘 수 있어. 하지만 나는 이 구석 저 구석으로 계속 밀려다녀. 아무리 간절히 원해도, 뒤셀 씨와 함께 쓰는 이 방에서 혼자만 있을 수가 없어. 그것도 내가 다락으로 피신하는 이유 중의 하나야. 다락에 가거나 너하고 같이 있을 때면, 어쨌건 잠시라도 나 자신이 될 수 있어. 그렇다고 칭얼대고 싶지는 않아. 오히려 용감해지고 싶어!

다행히 다른 사람들은 내 내면의 감정을 몰라. 그들이 아는 건 내가 점점 냉정해지고, 엄마를 더 싫어하고, 아빠에 대한 애정이 줄고, 마르고트한테 생각을 잘 털어놓지 않는다는 것뿐이야. 나는 조개처럼 입을 다물었어. 무엇보다 나는 자신감 있는 모습을 보여야 돼. 내 감정과 이성이 늘 전쟁 중이라는 걸 아무도 알면 안 돼. 지금까지는 항상 이성이 이겼지만, 앞으로는 감정이 이길까? 가끔은 그럴까 봐 겁나지만, 반대로 그렇게 되기 바랄 때가 더 많아!

아, 페터르와 이런 일을 이야기하지 않는 건 정말로 힘들지만, 이런 이야기는 페터르가 시작해야 돼. 낮 동안 내 꿈속의 일들이 없었던 것처럼 행동하는 건 너무 힘들어! 키티, 안네는 미쳤지만 지금은 미친 시절이고 우리 상황은 더 미쳐 있어.

그래도 좋은 건 내 생각과 감정을 전부 글로 쓸 수 있다는 거야. 안 그랬으면 정말로 숨이 막혀 버렸을 거야. 페터르는 이 모든 일을 어떻게 생각하고 있을까? 그와 이런 일을 이야기할 날이 올 거라는 생각이 자꾸 들어. 아무래도 그는 내면의 나를 약간 알아차린 것 같거든. 여태까지 알던 외면의 안네를 어떻게 사랑할 수 있겠어? 페터르 같은 사람, 페터르처럼 평화와 고요를 사랑하는 사람이 어떻게 내 떠들썩함과 소란스러움을 참을 수 있겠어? 그가 내 화강암 가면 안에 감추어진 모습을 최초로, 그리고 유일하게 볼 수 있을까? 그 시간이 오래 걸릴까? 사랑이란 연민과 비슷하다는 속담이 있지 않나? 그게 여기서 일어나는 일인가? 나는 나를 연민하는 만큼 페터르도 자주 연민하거든!

어떻게 시작해야 할지 모르겠어. 정말이야. 그러니 말하는 걸 힘들어하는 페터르에게 어떻게 그걸 기대할 수 있겠어? 그에게 편지를 쓸 수 있다면 하고 싶은 말을 전할 수 있을 거야. 하지만 그 말을 소리 내서 하기는 너무 어려워!

1944년 3월 19일, 일요일

키티에게

어제는 나한테 아주 중요한 날이었어. 점심 후에 모든 게 평소와 똑같았어. 5시에 나는 감자를 준비했고, 엄마는 페터르에게 순대를 가져다주라고 했어. 나는 처음에는 싫었지만, 어쨌건 갔어. 그는 순대를 받지 않으려고 했고, 나는 그게 아직도 우리가 불신에 대해 나눈 언쟁 때문인 것 같아서 불안했어. 그러다 갑자기 참을 수 없어져서 눈물이 차올랐지. 그래서 더 이상 아무 말 하지 않고 엄마에게 접시를 돌려주고 욕실에 들어가서 한참 울었어. 그리고 나중에 페터르하고 이야기하기로 결심했어. 저녁 식사 전에는 우리 식구 넷이 모두 그와 함께 십자말풀이를 해서 아무 말도 할 수가 없었어. 하지만 식사를 하러 앉을 때 내가 그에게 속삭였어.

"오늘 밤에 속기 연습할 거야, 페터르?"

"아니."

그가 대답했어.

"이따가 오빠하고 이야기하고 싶어."

그가 좋다고 했어.

나는 설거지를 마친 뒤 페터르의 방에 가서 순대가 싫다고 한 게 지난번에 싸운 일 때문이냐고 물었어. 다행히 그건 아니었어. 그냥 너무 식탐을 보이면 안 될 것 같아서 그랬대. 그때 아래층은 더웠기 때문에 나는 얼굴이 홍당무처럼 빨갰어. 그래서 마르고트에게 물을 가져다준 뒤 다시 위층에 가서 바깥바람을 좀 쐬었어. 이상해 보이지 않도록 먼저 판 단 부부의 방 창가에 서 있다가 페터르의 방에 갔어. 그는 열린 창문의 왼쪽에 서 있어서 나는 오른쪽으로 갔어. 환한 대낮보다는 이렇게 어둑어둑할 때가 열린 창가에서 이야기하는 게 훨씬 쉬워. 우리는 여기 다

옮길 수 없을 만큼 많은 이야기, 정말 많은 이야기를 했어. 하지만 기분은 좋았어. 내가 이 별채에 들어온 뒤로 가장 멋진 저녁 시간이었어. 우리가 나눈 여러 가지 주제의 이야기를 요약해서 말해 줄게.

먼저 우리는 이곳의 다툼들, 그리고 내가 요즘 그걸 다르게 본다는 이야기를 했고, 그런 뒤에는 우리 둘 다 각자의 부모님에게서 멀어지는 일에 대해 이야기했어. 나는 페터르에게 엄마, 아빠, 마르고트와 나에 대해 말했어. 중간에 페터르가 물었어.

"너네는 밤에 인사할 때 키스를 한 번씩 하는 것 같더라?"

"한 번? 아냐, 수십 번씩 해. 오빠네는 안 해?"

"나는 누구하고도 키스해 본 적이 없어."

"오빠 생일에도?"

"아, 생일에는 해 봤다."

우리는 각자의 부모님을 별로 믿지 않는다고 말했어. 페터르의 부모님은 서로 깊이 사랑하고, 페터르가 자신들에게 마음을 털어놓기를 바라지만 페터르는 그러기 싫대.

나는 가끔 잠자리에서 운다는 걸, 그는 지붕 창고에 올라가서 욕을 한다는 걸 털어놓았어. 나는 나와 마르고트가 최근에야 서로를 이해하게 되었지만, 그래도 하루 종일 같이 있다 보니 이야기는 별로 하지 않는다고 말했어. 그것 말고도 우리는 상상 가능한 모든 일에 대해 이야기했어. 믿음, 감정, 우리들 자신에 대해. 아, 키티. 페터르는 내가 생각하던 바로 그런 사람이었어.

그러다 이야기가 1942년으로, 그때 우리가 지금하고 얼마나 달랐는지로 넘어갔지. 우리는 전혀 다른 사람이 된 것 같다고. 우리는 처음에 서로를 아주 싫어했어. 그는 내가 시끄러운 애라고 생각했고, 나는 그가 별 볼 일 없다고 결론을 내렸지. 나는 페터르가 왜 나에게 관심을 보이지 않는지 이해를 못 했는데, 이제는 그랬던 게 다행이야. 그는 조용히 자기 방에 숨어 지낼 때가 많다고 했어. 나는 내 소란스러움과 그의 조용함은 동전의 양면이라고, 나도 평화와 고요를 좋아하지만 혼자 할 수 있는 일은 일기 쓰기밖에 없고, 사람들은 뒤셀 씨부터 해서 다 나를 보기 싫어하고, 내가 늘 부모님하고 같이 있고 싶은 건 아니라고 말했어. 그는 우리 부모님한테 아이들이 있어서 좋다고 했고, 나는 그가 여기 함께 있어서 좋다고 했어.

나는 이제 조용히 지내고 싶은 그의 마음도, 그와 부모님의 관계도 이해한다고 했고, 그들이 싸울 때 그를 도와주고 싶다고 했어.

"하지만 넌 항상 날 도와주고 있어!"

그가 말했어.

"어떻게?"

내가 놀라서 물었어.

"밝고 명랑한 모습으로."

그건 그날 저녁 그에게 들은 말 중 최고였어. 그는 내가 자기 방에 오는 게 싫지 않고, 오히려 좋대. 나는 엄마 아빠가 나를 부르는 다정한 별명들은 다 의미 없고, 키스를 많이 한다고 신뢰가 저절로 생기지는 않는다고 말했어. 그리고 우리는 또 일을 자기식으로 하는 것, 일기 쓰는 일, 외로움, 사람의 내적 자아와 외적 자아의 차이, 내가 쓰는 가면 등에 대해 이야기했어.

너무 좋았어. 그는 나를 친구로 사랑하게 됐을 거야. 그리고 지금은 그걸로 충분해. 너무 감사하고 행복해서 말로 표현하지 못하겠어. 미안해, 키티. 오늘 글은 평소의 수준에 못 미친다는 걸 알아. 그냥 머릿속에 떠오르는 대로 막 썼어!

페터르와 나는 이제 비밀을 공유한다는 느낌이 들어. 그가 그 눈, 그 미소, 그 윙크로 나를 볼 때마다 내 안에 불이 켜지는 것 같아. 이런 상태가 계속되고, 우리가 앞으로 행복한 시간을 더 많이 함께할 수 있으면 좋겠어.

감사와 행복에 싸인 너의 친구, 안네

1944년 4월 1일, 토요일

키티에게

아직도 모든 일이 너무 어려워. 내 말 무슨 뜻인지 알지? 그에게 키스받고 싶은 마음이 굴뚝같은데, 그 키스는 걸음이 아주 느린 것 같아. 그가 여전히 나를 친구로 보는 건가? 그 이상의 의미는 없나?

너도 알겠지만 나는 강한 사람이야. 많은 짐을 혼자 짊어지고 갈 수 있어. 나는 누구에게도 내 고민을 털어놓지 않았고, 엄마에게 의지한 적도 없어. 하지만 그의 어깨에 머리를 대고 조용히 앉아 있고 싶어.

나는 페터르 베셀이 내게 뺨을 댄 그 꿈, 모든 것이 너무나 좋았던 그 꿈을 잊을 수가 없어. 페터르 판 단에게도 나와 똑같은 열망이 있을까? 그 수줍은 성격 때문에 나를 사랑한다는 말을 못 하는 걸까? 왜 나를 그렇게 계속 자기 곁에 두면서 아무 말도 하지 않는 거야?

아, 그만. 진정해야 돼. 약해지면 안 돼. 인내심을 갖고 기다리면 일은 알아서 풀릴 거야. 하지만 내가 그를 쫓아다니는 것처럼 보이는 건 정말 괴로워. 내가 항상 위층에 가고, 그가 나에게 오는 일은 없어. 하지만 그건 집 구조 때문이고, 그는 그런 이유를 알아. 아, 그는 분명 내가 생각하는 것보다 많이 알 거야.

1944년 4월 16일, 일요일

키티에게

어제 날짜를 기억해 줘. 내게 중요한 기념일이니까. 첫 키스를 한 날은 모든 여자에게 중요한 날 아니니? 나한테도 역시 그 못지않게 중요해. 브람이 내 오른뺨에 키스한 거나 바우스트라가 오른손에 키스한 거는 해당 안 돼. 내가 어쩌다 키스를 받게 되었는지 말해 줄게.

어젯밤 8시에 페터르하고 같이 그의 방 소파에 앉아 있는데, 그가 내게 팔을 둘렀어. (토요일이라서 그는 작업복을 입지 않았어.)

"옆으로 조금 움직이는 게 어때? 머리가 자꾸 수납 장에 부딪혀."

내가 말했어.

그러자 그는 너무 멀리 가서 거의 구석에 몰렸어. 나는 그의 겨드랑이에 내 팔을 넣어서 등 뒤로 둘렀고, 그가 내 어깨에 팔을 두르자, 나는 거의 그에게 감싸인 자세가 되었어. 우리는 이런 자세로 앉은 적이 여러 번 있었지만, 어젯밤처럼 가까웠던 적은 없었어. 그가 나를 바짝 당기자 내 왼쪽 어깨가 그의 가슴에 닿았어. 내 심장은 이미 쿵쿵거리기 시작했지만, 그게 끝이 아니었어. 마침내 내가 그의 어깨에 머리를 얹자, 그가 내 머리에 자기 머리를 얹었어. 그렇게 5분 정도가 지나서 나는 다시 똑바로 앉았지만, 잠시 후 그가 두 손으로 내 머리를 잡고 다시 자기 얼굴 옆에 끌어다 놓았어. 아, 너무 좋았어. 그 느낌이 너무 좋아서 나는 아무 말도 하지 못했어. 그는 내 뺨과 팔을 어색하게 어루만지고 머리카락을 가지고 장난을 쳤어. 우리는 계속 머리를 맞대고 있었지.

그때 몸속을 지나간 느낌을 키티, 너한테 말할 수가 없어. 너무 행복해서 말로 옮길 수가 없어. 페터르도 마찬가지였을 거야.

우리는 9시 30분에 일어섰어. 페터르는 조용히 건물 순찰을 하려고 테니스화를 신었고, 내가 그 옆에 섰어. 어쩌다가 그렇게 된 건지 모르겠지만, 우리가 내려가기 전에 그가 내 왼쪽 뺨과 귀에 반반씩 걸쳐서, 머리카락 위로 키스를 했어. 나는 뒤도 안 돌아보고 달려 내려갔고, 오늘은 너무 많은 열망에 싸여 있어.

일요일 아침, 11시 직전.

1944년 4월 25일, 화요일

키티에게

〈탐험가 블루리〉라는 제목의 재미난 동화를 써서 세 명의 독자에게 크게 히트 쳤어.

나는 아직도 감기가 낫지 않았고, 마르고트하고 엄마와 아빠에게도 옮겼어. 제발 페터르는 옮지 않기를. 그는 자꾸 내게 키스를 하려고 하고, 내가 자기 '엘도라도[10)]'래. 사람한테는 안 쓰는 말인데, 바보같이 말이야! 그래도 사랑스러워!

1944년 4월 28일, 금요일

키티에게

나는 페터르 베셀에 대한 꿈을 잊지 않았어. (1월 초의 일기를 봐.) 지금도 내 뺨에 닿았던 그 애의 뺨을, 모든 걸 아름답게 만들어 주던 그 온기를 느낄 수 있어. 지금의 페터르하고도 가끔 같은 느낌을 받지만, 그렇게 강렬하지는 않았는데…… 어제 달라졌어. 우리는 평소처럼 서로를 안고 소파에 앉아 있었어. 그런데 갑자기 평소의 안네가 사라지고 두 번째 안네가 나타났어. 두 번째 안네는 자신감과 재치가 넘치는 아이가 아니고, 오직 사랑과 다정함만을 원하는 아이야.

---

10) 16세기 에스파냐 사람들이 남아메리카 아마존강 가에 있다고 상상한 황금의 나라

그와 붙어 앉아 있는데 감정의 물결이 밀려들어서 눈물이 솟았어. 왼쪽 눈의 눈물은 그의 작업복에 떨어지고, 오른쪽 눈의 눈물은 내 코를 흐르다가 허공을 날아서 첫 번째 눈물 옆에 떨어졌어. 그가 알아챘을까? 그렇다는 내색은 없었어. 그도 나와 같은 느낌인가? 그는 말이 없었어. 자기 옆에 두 명의 안네가 있는 걸 알아차렸나? 내 질문에 답은 오지 않았어.

8시 30분에 나는 일어나서 창가로 갔어. 우리는 거기서 늘 작별 인사를 하거든. 여전히 몸이 떨렸어. 아직도 두 번째 안네였어. 그가 내게 다가왔고, 나는 그의 목을 안고 왼쪽 뺨에 키스했어. 그리고 오른쪽 뺨에 키스를 하려다가 그만 그의 입에 닿았어. 우리는 서로의 입술을 지그시 눌렀지. 우리는 황홀감 속에 자꾸자꾸 끌어안았고, 떨어지고 싶어 하지 않았어!

페터르도 애정이 필요해. 그는 평생 처음으로 여자를 만났어. 평생 처음으로 시끄러워 보이는 사람도 내면의 자아와 심장이 있고, 단둘이 있으면 달라진다는 걸 알게 됐어. 평생 처음으로 자신과 우정을 다른 이에게 주었어. 그는 전에는 남자고 여자고 친구가 없었어. 이제 우리는 서로를 발견했어. 물론 나도 그를 몰랐고, 마음을 털어놓을 사람이 없었지. 하지만 이제 이렇게 되었어…….

한 가지 질문이 나를 괴롭혀. '이래도 되나?' 하는 거야. 이렇게 일찍 마음을 열어도 좋은 걸까? 이렇게 열렬해져도, 페터르만큼이나 열정과 욕망에 차올라도? 여자인 내가 그렇게까지 해도 될까?

내가 할 수 있는 대답은 하나뿐이야.

"나는 많은 걸 열망해…… 이미 오래되었어. 나는 너무 외롭고, 이제 위안을 찾고 싶어!"

오전 동안 우리는 평소처럼 행동해. 이따금 짧은 순간들을 빼면 오후에도 마찬가지야. 하지만 저녁이 되면 하루 종일 눌러 둔 열망, 이전에 느낀 모든 행복과 축복이 표면으로 올라와서 우리는 우리 두 사람 말고는 아무것도 생각할 수 없어. 나는 매일 밤 마지막 키스 이후 달아나서 그의 눈을 영원히 피하고 싶어. 어둠 속으로 멀리, 그리고 혼자!

하지만 열네 개의 계단 밑에서 나를 기다리는 건? 밝은 빛, 질문, 그리고 웃음이야. 나는 평소처럼 행동하면서 사람들이 눈치채지 못하기를 소망해야 돼.

내 심장은 아직 너무 여려서 어제 같은 충격에서 금방 회복될 수 없어. 다정한 안네는 자주 오는 아이가 아니라, 한번 오면 그렇게 빨리 내쫓기고 싶어 하지 않아. 페터르는 아직 (내 꿈속을 빼면) 누구도 접근하지 못했던 내 일부에 접근했어! 그는 나를 붙들고 내 안팎을 뒤집어 놓았어. 평정을 되찾는 데는 누구나 조용한 시간이 필요하지 않나? 아, 페터르, 나한테 무슨 일을 한 거야? 나에게 원하는 게 뭐야?

이 일이 어떤 결과로 이어질까? 나는 이제 베프를 이해해. 내가 직접 겪어 보니, 베프의 걱정이 이해돼. 만약 내가 나이가 더 들어서 페터르가 결혼하자고 하면 뭐라고 대답할까? 안네, 솔직히 말해! 너는 그와 결혼할 수 없어. 하지만 놓아 보내기도 힘들어. 페터르는 아직도 너무 유약해. 의지력도 없고, 용기도 정신력도 없어. 그는 아직 어려. 정신적으로는 나보다 어려. 그가 원하는 건 행복과 마음의 평화가 전부야. 내가 정말로 이제 겨우 열네 살인 걸까? 내가 정말로 철없는 여학생일 뿐일까? 내가 정말로 아무런 경험이 없나? 나는 웬만한 사람보다 경험이 많아. 내 나이의 아이들이 거의 알지 못하는 걸 경험했어.

나 자신이 두려워. 열망 때문에 이렇게 일찍 마음을 여는 게 두려워. 앞으로 다른 남자들하고도 어떻게 제대로 되겠어? 감성과 이성의 이런 영원한 싸움은 너무 힘들어. 두 가지를 함께 할 수 있는 시간과 장소가 있지만, 지금이 그런 시간인지 내가 어떻게 알겠어?

Ⅱ **주제** 꿈, 자아 정체성, 은신처 생활

1944년 5월 11일

너는 내 가장 큰 소망이 기자가 되고,

그 후에 유명 작가가 되는 거라고 전부터 알고 있지.

이런 거창한 환상이 실현될지 어떨지는 모르겠지만,

지금까지 내게 쓸거리가 부족하지는 않았어.

어쨌건 전쟁이 끝나면 《비밀 별채》라는 책을 내고 싶어.

해낼 수 있을지는 가 봐야 알겠지만 이 일기가 토대가 되어 줄 거야.

Ⅱ

이야기
속에서
영원히
살고 싶어

전쟁이 얼마나 큰 고통을 가져왔는지

너한테 몇 시간 동안이라도 말할 수 있지만, 그러면 나만 더 비참해져.

할 수 있는 건 차분하게 전쟁이 끝나기를 기다리는 일뿐이야.

우리의 나날에 어둠을 드리우는 또 한 가지 사실은

창고 일꾼 판 마런 씨가 별채를 의심하기 시작했다는 거야.

할 수 있는 건 기다리는 일뿐

1943년 : 심화되는 전쟁

1943년 1월 13일, 수요일

키티에게

바깥세상에서는 참혹한 일들이 벌어지고 있어. 사람들은 밤낮없이 집에서 끌려 나와. 가져갈 수 있는 건 배낭 하나와 약간의 현금뿐이고, 그것도 도중에 강탈당해. 가족이 흩어져. 남자, 여자, 아이들이 다 헤어져. 아이들이 학교에서 돌아오면 부모가 사라지고 없어. 여자들이 시장에서 돌아오면 식구들이 다 떠나고 집은 봉인되어 있어. 네덜란드의 기독교인들도 두려움 속에 살아. 아들들이 독일로 끌려가거든. 모두가 겁을 먹고 있어. 밤마다 비행기 수백 대가 독일 땅에 폭탄을 뿌리려고 네덜란드 하늘을 날아가. 매시간 수백 명, 어쩌면 수천 명이 러시아와 아프리카에서 목숨을 잃어. 누구도 이 갈등을 피할 수가 없어. 온 세상이 전쟁 중이고, 연합국[11]이 우세한데도 끝은 보이지 않아.

우리는 운이 좋아. 다른 수백만 명보다 운이 좋아. 여기는 조용하고 안전하고, 돈을 써서 식량을 사. 우리는 어찌나 이기적인지 '전쟁 후'를 이야기하면서 새 옷과 새 구두를 꿈꾸기도 해. 그보다는 전쟁이 끝난 뒤 다른 사람들을 돕고 피해를 복구하기 위해 한 푼이라도 아껴야 하는데 말이야.

이 동네 아이들은 얇은 셔츠에 나막신 바람으로 뛰어다녀. 외투도 없고, 모자도, 양말도 없고, 도와주는 사람도 없어. 아이들은 배고픔을 달래려고 당근을 씹으면서 추운 집에서 추운 거리로 나와 더 추운 학교로 걸어가. 네덜란드 상황이 너무 나빠져서 수많은 아이가 길에서 행인들에게 빵을 구걸해.

전쟁이 얼마나 큰 고통을 가져왔는지 너한테 몇 시간 동안이라도 말할 수 있지만, 그러면 나만 더 비참해져. 우리가 할 수 있는 건 차분하게 전쟁이 끝나기를 기다리는 일뿐이야. 유대인도 기독교인도 함께 그 일을 기다려. 온 세상이 기다려. 그리고 많은 사람이 죽음을 기다리지.

1943년 2월 27일, 토요일

키티에게

아빠는 이제 곧 연합군의 반격이 있을 거라고 기대하고 있어. 처칠

---

11) 제2차 세계 대전 때 독일, 이탈리아, 일본에 맞서 연합한 국가들(영국, 미국, 프랑스 등)

은 폐렴을 앓았지만, 이제 회복하기 시작했대. 인도 독립 운동가 간디는 몇 번째인지 모를 단식 투쟁 중이야.

판 단 부인은 자신이 숙명론자래. 하지만 포격 소리에 가장 벌벌 떠는 사람이 누구일까? 다른 누구도 아닌 페트로넬라 판 단 부인이지.

얀은 가톨릭 주교단이 교인들에게 보내는 편지를 가져왔어. 아주 아름답고 감동적인 편지였어.

"네덜란드 국민 여러분, 일어나서 행동하십시오. 각자 자신의 무기를 들고 우리 조국, 우리 국민, 우리 종교의 자유를 위해 싸워야 합니다! 도움과 지원을 베풉시다. 지금 행동합시다!"

주교들은 이런 설교를 하고 있어. 이게 무슨 도움이 될까? 우리 유대인들을 돕기에는 이미 늦었어.

여기 무슨 일이 있었는지 알아? 이 건물 주인이 쿠글러 씨하고 클레이만 씨한테 아무 말도 안 하고 건물을 팔았어. 그래서 어느 날 새 주인이 건축사를 데리고 건물을 살펴보려고 왔어. 클레이만 씨가 사무실에 있던 게 얼마나 다행이었는지. 그분은 건물주와 건축사에게 건물을 보여 주었지만, 비밀 별채는 열쇠를 집에 두고 왔다며 보여 주지 않았어. 새 주인은 더 이상 묻지 않았대. 제발 그가 다시 와서 별채를 보여 달라고 하지 않기를. 만약 그가 별채를 보겠다고 하면 우리는 큰일이야!

버터하고 마가린이 새로 왔어. 각자 접시에 자기 몫을 받을 거야. 분배는 아주 불공평해. 모두의 아침 식사를 준비하는 판 단 가족은 우리 가족보다 1.5배를 더 가져가. 우리 부모님은 다툼이 생길까 봐 아무 말

안 하는데, 참 답답한 일이야. 그런 사람들은 언제나 대가를 치러야 하는데 말이야.

1943년 3월 10일, 수요일

키티에게

어젯밤에 합선이 있었고, 거기다 새벽까지 폭격 소리가 울렸어. 나는 아직도 비행기 폭격이 너무 무서워서, 거의 매일 밤 아빠의 침대로 기어 들어가. 어린애 같다는 건 알지만, 너도 이런 일을 겪는다고 생각해 봐! 대공포 소리가 울리면 자기가 말하는 소리도 안 들려. 숙명론자인 판 단 부인은 거의 우는 얼굴이 되어서 기어드는 목소리로 "끔찍해요. 폭격 소리가 너무 커요!" 하고 말해. "무서워요."라는 말이지.

촛불을 켜면 캄캄한 것보다 나은 것 같았어. 나는 열이 나는 것처럼 떨면서 아빠에게 다시 촛불을 켜자고 했지만 아빠는 꿈쩍하지 않았어. 빛은 안 된다고. 그때 기관총 소리가 울렸어. 그건 대공포 소리보다 열 배는 더 괴로워. 엄마가 침대에서 벌떡 일어나서 촛불을 켰어. 아빠가 나무라니까 엄마는 단호하게 말했어.

"어쨌건 안네는 군인 출신이 아니에요!"

그걸로 그 일은 끝이었어!

판 단 부인의 다른 공포증들에 대해 이야기한 적 있니? 없을 것 같아. 비밀 별채의 최신 모험담을 전하자면 이것도 이야기해야 할 것 같

아. 어느 날 밤, 판 단 부인이 다락에서 발소리를 들었대. 그래서 도둑이 든 줄 알고 놀라서 남편을 깨웠어. 하지만 그 순간 도둑은 사라졌고, 판 단 씨의 귀에는 숙명론자 아내의 쿵쿵거리는 심장 소리만 들렸지.

"아, 푸티!"

아줌마가 소리쳤어. (푸티는 아줌마가 남편에게 붙여 준 애칭이야.)

"도둑이 우리 소시지하고 말린 콩을 전부 가져갔을 거예요. 그리고 페터르는 어떻게 해요? 페터르가 무사할까요?"

"페터르를 훔쳐 가지는 않았을 테니, 바보처럼 굴지 말고 다시 잠을 잡시다!"

하지만 공포에 사로잡힌 판 단 부인은 잠을 못 잤어.

며칠 뒤 밤, 판 단 가족 전체는 섬뜩한 소리에 잠이 깼어. 페터르가 손전등을 들고 다락에 가니까 무언가 떼를 지어 달아났대. 그게 뭐였을 거 같니? 쥐 수십 마리였어!

도둑의 정체를 알게 되자 우리는 페터르의 고양이 마우스히를 다락에서 재웠고, 그 뒤로 불청객은 다시 오지 않았어……. 어쨌건 밤에는.

며칠 뒤 저녁, 페터르가 신문지를 가지러 지붕 창고에 갔어. 거기서 사다리를 타고 내려오려면 뚜껑 문을 꼭 잡아야 해. 그는 보지 않고 문을 잡다가 충격과 통증으로 떨어질 뻔했어. 페터르가 자기도 모르게 쥐를 만졌고, 그러자 쥐가 페터르의 팔을 문 거야. 우리에게 돌아왔을 때 페터르는 핏기 하나 없는 얼굴로 무릎을 덜덜 떨었어. 잠옷에 피가 배어 나 있었지. 페터르가 그렇게 당황한 것도 당연해. 쥐를 쓰다듬는 건 즐거운 일이 아니니까. 게다가 피가 나도록 팔을 물린다면.

1943년 3월 27일, 토요일

키티에게

얼마 전에 독일의 고위 간부인 라우터라는 사람이 연설을 했어.

"모든 유대인은 7월 1일 전에 독일의 점령지에서 나가야 한다. 위트레흐트 지방은 4월 1일에서 5월 1일 사이에, 네덜란드 북부와 남부의 주들은 5월 1일에서 6월 1일 사이에 유대인을 청소할 것이다."

청소라니, 유대인이 무슨 바퀴벌레야? 불쌍한 사람들이 병든 소 떼처럼 더러운 도축장으로 실려 가고 있어. 하지만 그 이야기는 그만할래. 생각만 해도 악몽을 꿀 거 같아!

좋은 소식 하나는 반나치 활동가들이 고용 회관에 불을 질렀다는 거야. 며칠 뒤에 주민 등록소도 불에 탔어. 사람들이 독일 경찰로 변장하고 들어가서 경비들을 묶고 중요한 서류들을 없앴어.

1943년 4월 27일, 화요일

키티에게

집 전체가 싸움의 여파에 휘감겨 있어. 모두가 서로에게 화가 나 있어. 엄마와 나, 판 단 씨와 아빠, 엄마와 판 단 부인. 분위기 좋겠지? 안네의 온갖 문제점이 다시 한번 장황하게 나열되었어.

지난주 토요일에 독일 손님들이 다시 찾아왔어. 그리고 6시까지 있다 갔어. 우리는 겁에 질려서 위층에 꼼짝 않고 있었어. 건물이나 동네에 일하는 사람이 없으면, 별실의 발소리까지 다 들려. 너무 오래 앉아 있다 보니 좀이 쑤셔서 죽을 것 같았어.

칼턴 호텔은 파괴됐어. 폭탄을 실은 영국 비행기 두 대가 독일군 장교 클럽 위에 내려앉았어. 페이절스트라트와 싱헬이 교차하는 길모퉁이 전체에 불이 났어. 독일 도시들에 대한 공습은 나날이 횟수가 늘고 있어. 편하게 잔 밤이 언제인지 모르겠어. 나는 수면 부족으로 눈이 쑥 들어갔어.

식생활은 참담해. 아침은 버터도 없는 맨빵에 모조 커피야. 지난 이주 동안 점심은 시금치 아니면 익힌 상추와 달큰한 맛이 나는 상한 감자였어. 다이어트를 하고 싶다면, 별채는 최적의 장소야! 판 단 가족은 불만이 많지만, 우리는 이게 그렇게 비극이라고 생각하지 않아.

1940년에 참전하거나 징병된 네덜란드 남자는 모두 포로수용소에서 일하라는 명령을 받았어. 연합군 반격에 대비해서 그러는 것 같아!

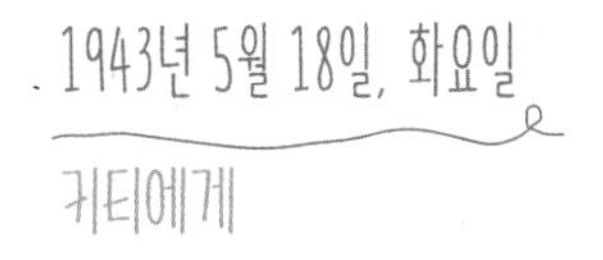

날씨는 덥지만 우리는 이틀에 한 번씩 채소 찌꺼기와 쓰레기를 태워

야 해. 쓰레기통에는 아무것도 버릴 수 없어. 창고 직원들이 볼지도 모르니까. 부주의한 행동 하나가 모든 걸 망칠 수 있어!

대학생들은 '독일의 뜻에 공감하며, 새로운 질서에 찬성한다.'라는 내용의 성명서에 서명하라고 강요받고 있어. 80퍼센트가 양심을 따르기로 했지만, 그 벌은 가혹할 거야. 서명을 거부하는 학생은 모두 독일의 노동 수용소로 끌려가. 전부 독일에서 강제 노동을 하게 되면 우리나라 청년들은 어떻게 되는 거야?

어젯밤에는 포격 소리가 너무 커서 엄마가 창문을 닫았어. 나는 아빠하고 같이 누워 있었어. 갑자기 위층에서 판 단 부인이 마우스히한테 물리기라도 한 것처럼 벌떡 일어나는 소리가 들렸어. 그러더니 쿵 소리가 났는데, 꼭 내 침대 옆에 폭탄이 떨어진 것 같았어.

"불을 켜요! 불을 켜요!"

내가 소리쳤어.

아빠가 전등을 켰어. 나는 금세 불길이 치솟을 줄 알았어. 하지만 아무 일도 없었어. 우리는 무슨 일인지 궁금해서 위층으로 갔어. 판 단 씨 부부가 열린 창밖으로 붉은빛을 보았대. 판 단 씨는 근처에 불이 났구나 했는데, 아줌마는 우리 건물에 불이 난 줄 알았대. 쿵 소리가 났을 때 판 단 부인은 이미 덜덜 떨며 침대 옆에 가 있었어. 뒤셀 씨는 위층에 남아서 담배를 피웠고 우리는 다시 침대로 돌아왔어. 15분 후에 다시 포격이 시작되었어. 판 단 부인은 침대에서 튀어나와서 남편에게서는 받을 수 없는 위로를 찾아 뒤셀 씨 방으로 갔어. 뒤셀 씨는 "아이고 딱한 아기,

이리 와요!" 하며 아줌마를 맞았어.

우리는 웃음을 터뜨렸어. 포격 소리도 신경 쓰이지 않았지. 두려움이 모두 사라졌어.

1943년 7월 11일, 일요일

키티에게

많이 생각해 봤는데 속기를 그만두기로 했어. 첫째로는 다른 과목들에 더 시간을 쏟기 위해서고, 두 번째로는 눈 때문이야. 이건 슬픈 이야기야. 나는 근시가 너무 심해서 이미 오래전에 안경을 맞추었어야 돼. (안경을 쓰면 바보 같아 보이지 않을까?) 하지만 알다시피 은신 생활을 하는 사람은 그럴 수가 없어…….

어제 이곳에서는 온통 안네의 시력 이야기뿐이었어. 엄마가 나더러 클레이만 부인하고 같이 안과에 가 보라고 했거든. 말만 들어도 다리가 후들거렸어. 그건 쉬운 일이 아니야. 밖에 나가다니! 세상에, 길거리를 걷다니! 상상도 할 수 없어. 나는 처음에는 기겁했지만 다음에는 기뻤어. 하지만 그건 말처럼 간단한 일이 아니야. 먼저 어려움과 위험을 신중하게 생각해 봐야 했어. 미프가 나를 데리고 나갈 마음의 준비를 하기는 했지. 그러는 동안 나는 옷장에서 회색 코트를 꺼내 보았는데, 어찌나 작아졌는지 내 동생이나 입어야 할 것 같았어. 밑단은 내렸지만 단추를 채울 수가 없었어. 사람들이 어떤 결론에 이를지 궁금하지만 방법을 찾지 못할 것 같아.

베프는 마르고트와 나에게 사무실 일을 많이 맡기고 있어. 우리는 중요한 일을 한다는 느낌을 받고, 베프도 큰 도움을 받아. 편지를 정리하고, 장부에 내용을 기입하는 건 누구나 할 수 있지만, 우리는 그 일을 아주 정확하게 하거든.

미프는 물건을 하도 많이 실어 날라서 짐 나르는 노새 같아. 거의 매일 가게들을 다니며 채소를 사고, 자전거에 커다란 쇼핑백들을 싣고 와. 토요일마다 도서관에서 책을 빌려다 주는 것도 미프야. 우리는 토요일을 기다려. 토요일에는 책이 오니까. 우리는 선물을 받는 꼬맹이들 같아. 갇혀 사는 사람들에게 책이 어떤 의미인지 평범한 사람들은 모를 거야.

우리의 오락은 독서, 공부, 그리고 라디오 듣기가 전부니까.

1943년 7월 19일, 월요일

키티에게

일요일에 암스테르담 북부가 맹폭격을 당했어. 피해 규모가 엄청난 것 같아. 도로가 다 파괴돼서, 시신을 수습하는 데만도 시간이 많이 걸릴 거야. 지금까지 200명이 죽었고, 부상자는 셀 수도 없어. 병원들은 미어터지고 있어. 아이들은 연기가 솟아오르는 폐허 속에서 헛되이 죽은 부모를 찾고 있대. 멀리 지나가는 비행기 소리를 생각하면 아직도 몸이 떨려. 그건 곧 폭격이 시작된다는 뜻이거든.

1943년 7월 23일, 금요일

키티에게

키티, 너는 전쟁을 겪은 적이 없고, 아무리 내 편지를 읽어도 은신 생활에 대해 잘 모를 테니까, 그냥 재미로 여기 사람들이 다시 바깥에 나가면 가장 먼저 뭘 하고 싶어 하는지 이야기해 줄게.

마르고트하고 판 단 씨는 무엇보다 따뜻한 물이 가득한 욕조에서 목욕을 하고 싶어 해. 물속에 30분 넘게 누워 있을 수 있대. 판 단 부인은 케이크를 먹고 싶어 하고, 뒤셀 씨는 샤를로테를 만날 생각뿐이고, 엄마는 진짜 커피가 너무 그립대. 아빠는 포스카윌 씨를 찾아가고 싶어 하고, 페터르는 시내 구경을 하고 싶대. 나는 너무 기뻐서 무얼 가장 먼저 해야 할지 모를 것 같아.

나는 무엇보다 우리 식구만의 집을 갖고 싶고, 자유롭게 돌아다니고 싶고, 다른 사람의 도움을 받아서 숙제를 하고 싶어. 그러니까 다시 학교에 가고 싶어!

1943년 7월 26일, 월요일

키티에게

어제는 아주 혼란스런 하루였고, 우리는 아직도 흥분이 가라앉지 않았어. 사실 네가 볼 때는 하루라도 조용히 지나가는 날이 있나 싶겠지만.

아침 식사를 할 때 첫 번째 경계경보가 울렸는데, 우리는 신경 쓰지 않았어. 그건 비행기들이 바다를 건너온다는 뜻일 뿐이었으니까. 나는 머리가 아파서 밥 먹고 한 시간 동안 누워 있었고, 그런 뒤 2시쯤에 사무실에 갔어.

2시 30분에 마르고트가 장부 정리를 마치고 물건을 챙길 때 다시 사이렌이 울렸어. 그래서 언니하고 나는 위층으로 돌아왔지. 그런데 5분도 지나지 않아 포격 소리가 너무 커져서 우리는 복도로 들어가 섰어. 집이 흔들리고, 폭탄이 쉬지 않고 떨어졌어. 나는 '비상 탈출 가방'을 꼭 잡았어. 달아나고 싶어서라기보다는 무언가를 붙들고 싶어서. 우리가 여기를 떠날 수 있을지는 모르겠지만, 만약 나가게 되면 길에서 사람들 눈에 띄는 것도 공습당하는 것 못지않게 위험할 거야. 그렇게 30분이 지나고 엔진 소리가 사라지자, 집 안에는 다시 사람들 소리가 났어. 본채 다락에서 망을 보던 페터르가 내려왔고, 뒤셀 씨는 본채 사무실에 계속 있었고, 판 단 부인은 별실이 제일 안전하다고 거기 있었고, 판 단 씨는 지붕 창고에서 사태를 관찰했고, 계단 꼭대기에 있던 우리는 흩어져서 항구에서 솟는 연기 기둥을 보았어. 곧 사방에 타는 냄새가 가득했고, 두꺼운 안개가 도시 외곽을 감싸고 있는 것 같았어.

이렇게 큰불은 보기 좋은 광경이 아니지만, 어쨌건 우리의 위험은 지나갔기에 우리는 각자의 일로 돌아갔어. 그런데 저녁 식사를 시작할 때 다시 공습경보가 울렸어. 음식 맛은 괜찮았지만, 사이렌이 울리자 나는 입맛을 잃었어.

하지만 아무 일도 없었고, 45분 후에 해제 사이렌이 울렸어.

설거지를 마쳤을 때, 다시 한번 공습경보가 울리고, 포격 소리와 비행기 소리가 났어.

"하루에 두 번이라니. 한 번도 끔찍한데, 두 번이라니."

우리는 생각했어. 하지만 그런 한탄은 아무 소용없었지. 폭탄이 다시 한번, 이번에는 암스테르담의 다른 지역에 쏟아졌으니까. 영국의 보도에 따르면, 스키폴 공항이 폭격을 받았어. 비행기들은 내리꽂혔다가 다시 상승했다가 했고, 공중에 그 엔진 소리가 가득했어. 정말로 무서웠고, '또 왔구나. 이제 시작이야.' 하고 내내 생각했어.

9시에 잠자리에 들 때도 계속 다리가 후들거렸어. 그러다 자정을 알리는 소리에 다시 깼어. 비행기가 또 온 거야! 뒤셀 씨가 옷을 벗고 있었지만, 상관하지 않고 첫 포격 소리에 벌떡 일어났어. 그리고 1시까지 아빠 침대에 있다가, 1시 30분까지 내 침대에 있다가, 2시에 다시 아빠 침대로 갔어. 하지만 비행기는 계속 왔어. 그러다 결국 포격이 멈추었고, 다시 '내 방'으로 돌아갔어. 그리고 2시 반에 마침내 잠이 들었지.

나는 7시에 번쩍 깨어서 일어나 앉았어. 판 단 씨가 아빠와 함께 있었어. 가장 먼저 든 생각은 도둑이 들었다는 거였어.

"전부 다."

판 단 씨가 그렇게 말하길래, 전부 도둑맞았나 보다 생각했어. 하지만 아니었어. 이번에는 좋은 소식이었고, 그것도 지난 몇 달 동안 들은 것 중, 아니 어쩌면 전쟁이 시작된 뒤로 가장 좋은 소식이었어. 무솔리니[12]가 물러나고, 이탈리아 국왕이 정부를 넘겨받았다는 거야.

우리는 좋아서 펄쩍펄쩍 뛰었어. 어제의 끔찍한 폭격 이후 마침내 좋은 일이 생겨서 우리에게…… 희망을 안겨 주었어! 전쟁이 끝나리라는 희망, 평화가 오리라는 희망을.

쿠글러 씨가 와서 포커르 항공기 공장이 심하게 폭격당했다는 소식을 전해 주었어. 그리고 오늘 아침에도 또 한차례 공습이 있었어. 비행기들이 날고 다시 경계 사이렌이 울렸어. 경보 소리들이 지긋지긋해. 잠을 거의 못 잤고, 아무 일도 하기 싫어. 하지만 이제 이탈리아의 흥미진진한 소식들과 연말이면 전쟁이 끝날 거라는 희망 때문에 잠을 잘 수가 없어…….

1943년 9월 10일, 금요일

키티에게

너한테 글을 쓸 때마다 무슨 일이 생겼어. 좋은 일보다는 안 좋은 일이 많았지. 하지만 이번에는 멋진 일이 벌어지고 있어.

9월 8일 수요일 7시 뉴스에서 공식 발표가 있었어. "이번 전쟁 최고의 소식 하나를 전합니다. 이탈리아가 항복했습니다."라는 거였어. 이탈리아가 무조건 항복을 했어! 영국의 네덜란드어 방송은 8시 30분에 시작했어.

---

12) 이탈리아의 정치가로, 히틀러와 더불어 대표적인 파시스트 독재자

"청취자 여러분, 1시간 15분 전, 제가 일일 보고서 작성을 끝냈을 때 이탈리아 항복이라는 멋진 소식이 들어왔습니다. 제가 오늘처럼 기쁜 마음으로 보고서를 쓰레기통에 던진 날이 없습니다!"

영국 국가, 미국 국가, 러시아의 '인터내셔널가[13]'가 흘러나왔어. 네덜란드어 방송은 언제나처럼 지나치게 낙관적이지 않으면서도 희망을 전달했어. 영국군이 나폴리에 상륙했어. 이탈리아 북부는 독일군이 점령하고 있어. 정전 협정은 영국군이 이탈리아에 상륙한 9월 3일 화요일에 맺었어. 독일 신문들은 이탈리아 군인 바돌리오와 이탈리아 국왕이 배신했다며 비난을 퍼붓고 있어.

1943년 9월 16일, 목요일

키티에게

비밀 별채의 인간관계는 계속 나빠지기만 해. 우리는 식사 때 입도 안 열어. (음식을 떠 넣을 때를 빼면.) 무슨 말을 하건 누군가는 기분 나빠 하거나 그걸 이상하게 받아들이거든.

나는 불안과 우울을 이기려고 매일 진정제를 먹지만, 그래도 갈수록 더 괴로워지기만 해. 진정제 열 방울보다 유쾌한 웃음 한 번이 훨씬 더 도움이 될 거 같지만, 우리는 웃는 법을 잊어버렸어. 때로 이 기나긴

13) 1922년부터 1944년까지 러시아의 국가로 사용됐던 노래

슬픔 때문에 얼굴이 푹 꺼지고 입꼬리가 영원히 처지는 건 아닐까 하는 생각도 들어. 지금 이곳은 겨울이라는 고난의 계절을 두려워하고 있어.

우리의 나날에 어둠을 드리우는 또 한 가지 사실은 창고 일꾼 판 마런 씨가 별채를 의심하기 시작했다는 거야. 머리가 있는 사람이라면 지금쯤 미프가 자꾸 연구실에 간다고 하고, 베프가 자료실에 가고, 클레이만 씨가 오펙타 비품실에 가는 일, 그리고 쿠글러 씨가 별채는 이 건물이 아니라 옆 건물에 딸린 공간이라고 하는 말에 이상한 느낌을 받았을 거야.

판 마런 씨가 음흉하고 호기심이 강하다는 평판만 없다면, 우리는 그가 이 상황을 어떻게 생각하건 상관 안 할 거야. 하지만 그는 어설픈 거짓말로 속일 수 있는 사람이 아니야.

어느 날 쿠글러 씨는 조심하기 위해서 12시 20분에 코트를 입고 모퉁이 너머의 잡화점에 갔어. 그리고 5분도 안 지나 돌아와서는 도둑처럼 계단을 올라 우리에게 왔어. 그런 뒤 1시 15분에 나가려고 하는데, 베프가 계단 꼭대기에서 판 마런 씨가 사무실에 있다고 주의를 주었어. 쿠글러 씨는 다시 돌아서서 1시 30분까지 머물렀어. 그런 뒤 신발을 벗고 양말 바람으로 (감기에 걸렸는데도) 본채 다락방으로 갔다가 다른 계단으로 내려갔어. 소리를 안 내려고 한 번에 한 칸씩 내려갔지. 다 내려가는 데 15분이나 걸렸지만, 어쨌건 밖에 나갔다가 안전하게 사무실로 돌아갈 수 있었어.

그러는 사이 베프는 판 마런을 내보내고 별채로 쿠글러 씨를 데리러 왔어. 하지만 그는 이미 나가서 살금살금 계단을 내려가고 있었지. 매니저가 건물 밖에서 신발 신는 모습을 보고, 행인들은 무슨 생각을 했을까? 어라, 저기 저 사람, 양말 바람이네!

1943년 11월 8일, 월요일 저녁

키티에게

내 편지를 쉬지 않고 한 번에 다 읽으면 너는 편지들 분위기가 아주 제각각인 데 놀랄 거야. 내가 별채에서 이렇게 기분에 휘둘리는 건 속상하지만, 나만 그런 건 아니야. 모두가 그래. 내가 흥미로운 책을 읽으면, 내 생각을 새로이 정리해야지 사람들이랑 어울릴 수 있어. 안 그러면 모두 나를 이상하게 볼 거야. 보다시피 나는 지금 우울한 기분에 빠져 있어. 무엇 때문에 시작된 건지는 모르겠지만, 내 비겁함이 근원일 것 같아. 나는 그걸 피할 수 없거든. 오늘 저녁, 베프가 아직 여기 있을 때 갑자기 초인종이 울렸어. 나는 얼굴이 하얘지고, 속이 울렁거리고, 심장이 쿵쿵거렸어. 겁이 나서.

밤에 누워 있으면, 내가 아빠도 엄마도 없이 혼자 지하 감옥에 갇힌 모습이 떠올라. 아니면 거리를 헤매거나, 별채에 불이 나거나, 한밤중에 사람들이 우리를 잡아가려고 들이닥치고 내가 이불 속으로 파고드는 모습이. 그 모든 일이 현실처럼 생생하게 느껴져. 그리고 그런 일은 언제라도 일어날 수 있어!

미프는 이곳이 평화롭고 조용해서 우리가 부럽대. 그 말이 사실일지 모르지만, 그건 우리가 얼마나 공포 속에 사는지 모르고 하는 말이야.

우리는 다시 이 세상을 정상적으로 살 수 없을 것 같아. '전쟁 이후'에 대해 이런저런 말을 하지만, 그건 실현될 수 없는 꿈속 이야기 같아.

별채의 여덟 명은 무시무시한 먹구름에 둘러싸인 파란 하늘 조각 같아. 우리가 서 있는 작은 동그라미 안은 아직 안전하지만, 구름은 점점 밀려들고, 위험의 고리는 점점 좁아지고 있어. 우리는 어둠과 위험에 싸인 채 출구를 찾아 발버둥 치다가 서로와 부딪히고 있어. 아래로는 싸움이 보이고, 위에는 평화와 아름다움이 보여. 하지만 우리는 검은 구름에 완전히 둘러싸여서 위로도 아래로도 못 가. 구름은 단단한 벽처럼 사방을 두르고 우리를 짓뭉갤 듯 밀려들지만 아직은 그러지 못하고 있어. 나는 그저 소리치며 애원할 뿐이야.

"고리야, 제발 넓게 벌어져서 우리를 내보내 줘!"

1943년 12월 22일, 수요일

키티에게

심한 독감에 걸려서 오늘까지 네게 글을 쓸 수 없었어. 여기서 병에 걸리면 정말 괴로워. 기침이 나오면 이불 속에 숨고 한 번, 두 번, 세 번…… 더 이상 기침하지 않으려고 애써야 했어.

요즘은 예외적(정말 이렇게 말할 수밖에 없어.)으로, 모두 사이좋게 지내고 있어. 오래 못 갈지 몰라도 지금은 누구도 싸우지 않아. 지난 6개월 동안 여기 이런 평화와 고요는 없었어.

날씨는 흐리고 비가 부슬거려. 난로에서는 고약한 냄새가 나고, 배 속이 더부룩해서 꾸르륵꾸르륵 이상한 소리가 나.

전쟁이 얼른 끝나지 않아서 모두 기운이 없어.

1943년 12월 30일, 목요일

키티에게

휘몰아쳤던 마지막 싸움 이후 분위기는 조금 진정되었어. 우리하고 뒤셀 씨, '위층' 사이만이 아니라, 판 단 씨와 판 단 부인 사이도. 하지만 검은 구름 몇 점이 다시 다가오고 있어. 그리고 그건 모두…… 식량 때문이야. 판 단 부인이 아침에는 감자를 조금만 튀겨 먹고 나머지를 점심이나 저녁때 먹자는 어이없는 아이디어를 냈어. 엄마와 뒤셀 씨, 그리고 나머지 모두가 거기 반대해서, 이제 우리는 감자를 가지고도 편이 갈렸어. 기름 분배도 공정하지 않은 것 같아서, 엄마가 그 문제를 해결하고 싶어 해. 새로운 일이 벌어지면 알려 줄게. 우리는 지난 몇 달 동안 고기 때문에 편이 갈렸고(그들은 지방이 있는 고기, 우리는 지방 없는 고기), 수프 때문에도 그랬고, (그들은 수프를 먹고, 우리는 안 먹어.) 감자 때문에도 그랬어. (그들은 껍질을 벗기고, 우리는 안 벗겨.) 그 밖에도 더 있는데 이제 감자튀김도 그 대상이 되었어. 아예 완전히 갈라설 수만 있다면!

모든 사람에게 쓸모 있고 기쁨을 주는 사람이 되고 싶어.

죽은 뒤에도 이름을 남기고 싶어!

그래서 글 쓰는 재능을 주신 하느님께 감사해.

이걸로 나를 발전시키고 내가 가진 모든 걸 표현할 수 있으니까!

나는 우울했던 적은 많지만, 절망에 빠졌던 적은 없어.

우리의 은신 생활은 스릴과 낭만이 가득한 모험이고,

모든 결핍은 일기에 쓸 재미있는 이야깃거리라고 생각해.

모든 결핍은 이야깃거리야

꿈과 노력 : 읽고 쓰고 공부하며

1942년 9월 21일, 월요일

키티에게

클레이만 씨가 이 주일에 한 번씩 내 또래 여자애들이 읽을 만한 책을 두 권씩 빌려다 주셔.

나는 《요프 테르 휠》 시리즈를 재미있게 읽고 있어. 시시 판 마르크스펠트의 책도 다 재미있었어. 《바보 같은 여름》은 네 번 읽었고, 그 웃기는 상황은 아직도 생각하면 웃음이 나와.

나는 공부도 시작했어. 프랑스어 불규칙 동사를 매일 다섯 개씩 머리에 욱여넣고 있어. 하지만 학교에서 배운 걸 너무 많이 잊어버렸어.

아빠는 나더러 네덜란드어 공부를 도와 달래. 나는 아빠가 프랑스어 같은 과목들을 도와주는 대가로 아빠를 가르쳐 줄 만반의 준비가 되어 있어. 하지만 아빠는 정말 황당한 실수를 많이 해!

며칠 전 밤에 식구들이 나에 대해 토론을 했는데, 모두가 나는 무식

하다는 결론을 내렸어. 그래서 나는 다음 날 열심히 공부를 했지. 열네 살, 열다섯 살에도 계속 1학년이기는 싫거든. 나한테 금지된 책이 너무 많다는 사실에 대해서도 이야기가 있었어. 엄마는 지금 《신사들, 아내들, 하인들》을 읽고 있는데, 나는 그 책을 읽으면 안 된다는 거야. 먼저 언니만큼 지성을 키워야 된대. 하지만 우리 언니는 천재인걸? 그러더니 식구들은 내가 철학, 심리학, 생리학을 모른다고 이야기했어. 맞아. 나는 이런 과목들을 전혀 몰라. 하지만 내년에는 똑똑해질지도 몰라!

겨울에 입을 옷이 긴소매 원피스 한 벌과 가디건 세 벌뿐이라는 충격적인 사실을 알게 되었어. 아빠는 나한테 흰색 모직 스웨터를 떠도 된다고 했어. 실이 별로 안 예쁘지만, 그래도 따뜻할 거라는 게 중요해.

우리는 옷을 친지들에게 맡겼지만, 안타깝게도 전쟁이 끝나야 가져올 수가 있어. 물론 그때까지 옷이 남아 있다면 말이지.

내가 판 단 부인에 대해 무언가를 썼을 때, 아줌마가 방에 들어왔어. 나는 노트를 탁 덮었지.

"안네, 뭘 썼는지 내가 봐도 될까?"

"안 돼요. 아줌마."

"그러면 마지막 페이지만 보는 건?"

"마지막 페이지도 안 돼요."

나는 기절할 뻔했어. 그 마지막 페이지에는 아줌마를 흉보는 이야기가 있었거든. 매일 무슨 일인가 있지만, 피곤하기도 하고 게으르기도 해서 다 쓰지 못하겠어.

1942년 10월 14일, 수요일

키티에게

요새 너무 바빠. 어제 나는 먼저 프랑스 소설 《아름다운 니베르네 여자》의 한 챕터를 번역하고 어휘를 정리했어. 그다음에는 어려운 수학 문제를 하나 풀고, 프랑스어 문법 세 페이지를 공부했어. 오늘은 프랑스어 문법과 역사를 공부했어. 괴로운 수학을 매일 하고 싶지는 않아. 아빠도 수학은 재미없대.

내가 아빠보다 수학을 잘하는 것 같은 느낌도 들지만, 사실은 우리 둘 다 못해서 만날 마르고트에게 도와 달라고 해. 나는 속기 연습도 하는데 이건 재미있어. 우리 셋 중에 내가 제일 진도가 빨라.

엄마, 마르고트, 나는 다시 사이가 좋아졌어. 그러니까 훨씬 좋아. 어젯밤에 마르고트가 내 침대에 나하고 같이 누웠어. 좁았지만 그래서 재밌기도 했어. 언니는 나중에 내 일기를 보여 줄 수 있느냐고 물었어.

"일부는 가능해."

내가 말하고, 언니 일기는 어떠냐고 물었어. 언니도 자기 일기를 보여 줄 수 있대.

우리 대화는 미래로 흘러갔고, 나는 언니에게 커서 뭐가 되고 싶냐고 물었어. 하지만 언니는 대답을 안 하고 알쏭달쏭하게 말했어. 가르치는 일과 관련된 것 같지만, 확실하지는 않아. 그래도 대충 그 계열 같아. 어쨌건 남의 일에 지나치게 간섭하면 안 돼.

1942년 12월 13일, 일요일

키티에게

본채 사무실에 편안히 앉아서 무거운 커튼 틈으로 밖을 내다보고 있어. 어둠이 내려오고 있지만, 아직 글을 쓸 만한 빛은 있어.

지나가는 사람을 구경하는 일은 정말 이상해. 모두 너무 빨리 걸어서 저러다간 자기 발에 걸려서 넘어질 것 같아. 자전거도 너무 빨리 달려서 누가 탔는지도 알 수 없어. 이 동네 사람들은 그렇게 보기 좋지는 않아. 아이들은 너무 더러워서 3미터 장대로도 건드리고 싶지 않아. 콧물을 줄줄 흘리는 진짜 빈민가 아이들이야. 나는 아이들 말을 거의 못 알아듣겠어.

어제 오후에는 마르고트하고 목욕을 하다가 말했어.

"낚싯대로 지나가는 아이들을 하나씩 낚아 올려서 여기 욕조에서 목욕을 시키고 옷을 수선해 주면 어떨까?"

"그래도 다음 날이면 전과 똑같이 더러워지고 옷도 다시 누더기가 될 거야."

마르고트가 대답했어.

하지만 이건 쓸데없는 이야기고. 자동차, 배, 비 같은 건 바라볼 만해. 그리고 전차 소리와 아이들 노는 소리는 즐거워.

우리 생각도 우리 처지처럼 변화가 없어. 대화 소재는 회전목마처럼 유대인에서 먹을 것으로, 먹을 것에서 정치로 계속 빙글빙글 돌아. 그런데 유대인 이야기가 나와서 말인데 어제 커튼 밖으로 유대인을 두 명

봤어. 마치 세계 7대 불가사의를 보는 것 같았어. 얼마나 이상했는지 몰라. 내가 그 사람들을 신고하고 그들의 불행을 훔쳐보는 느낌이야.

우리 은신처 맞은편에는 선상 주택이 있어. 배의 선장이 아내와 아이들을 데리고 거기서 살아. 그 집에는 작은 개가 한 마리 있는데 짖는 소리가 아주 요란해. 우리는 그 개를 소리하고 꼬리로만 알아. 녀석이 갑판을 뛰어다닐 때면 그 꼬리가 보이거든. 이럴 수가. 비가 내리기 시작해서 사람들이 다 우산 속으로 들어갔어. 보이는 건 우비하고, 이따금 모자를 쓴 뒤통수뿐이야. 사실 나는 볼 필요도 없어. 이제 여자들을 한눈에 알아보거든. 감자를 많이 먹어서 살이 찌고, 붉은색 또는 녹색 코트에 낡은 구두를 신고, 쇼핑백을 팔에 걸고, 남편들 상태에 따라 표정이 달라지는 아줌마들을.

1943년 3월 27일, 토요일

키티에게

우리는 속기 강좌를 마쳤고, 이제 속도를 올리는 연습을 하고 있어. 우리는 정말 똑똑하지 않니! 내 '시간 킬러'(나는 공부를 이렇게 불러. 우리가 하는 일은 시간을 되도록 빨리 보내서 여기 있는 시간을 줄이는 것뿐이니까.)들 이야기를 더 해 줄게.

나는 신화를 좋아해. 특히 그리스와 로마의 신화를. 여기 사람들은 그게 지나가는 관심이라고 생각해.

십 대 소녀가 신화를 좋아한다는 말은 들은 적이 없다고. 그렇다면 내가 그 첫 번째가 될 거야!

1943년 11월 11일, 목요일

키티에게

오늘은 일기에 붙일 제목이 있어.

〈내 만년필에게 바치는 추도문〉

만년필은 예전부터 내가 가진 최고의 귀중품 중 하나였어. 나는 그 만년필을 아꼈고, 특히 펜촉이 두꺼워서 더 그랬어. 나는 펜촉이 두꺼워야 글씨를 깨끗하게 쓰거든. 내 만년필이 살았던 길고도 흥미로웠던 인생을 이야기해 줄게.

아홉 살 때, 만년필은 외할머니가 사시던 아헨에서 '무상 견본'으로 (솜과 함께 포장되어서) 왔어. (할머니 선물이거든.) 나는 독감에 걸려 누워 있었고, 밖에는 2월의 찬바람이 울부짖고 있었어. 이 멋진 만년필은 빨간 가죽 케이스에 담겨서 왔고, 나는 독감이 낫자마자 친구들에게 보여 주었어. 나 안네 프랑크는 자랑스러운 만년필 소유자가 되었지.

열 살 때 부모님은 학교에 만년필을 가져가도 된다고 허락해 주셨고, 선생님은 놀랍게도 그걸로 필기해도 좋다고 하셨어. 하지만 열한 살

때 내 보물은 다시 서랍에 들어가야 했어. 6학년 선생님은 펜만 쓰게 했으니까. 열두 살에 유대인 학교로 옮겼을 때, 나는 그 기념으로 만년필 케이스를 새로 마련했어. 이 케이스는 연필도 한 자루 넣을 수 있고 지퍼도 있었는데, 사실 그 지퍼가 제일 눈에 띄었어. 그리고 만년필은 열세 살 때 나를 따라 이 별채에 들어왔고, 많은 종잇장 위에 일기와 작문을 새겼지. 이제 나는 열네 살이 되었고, 만년필은 나와 함께 마지막 해를 즐겁게 보내다가…….

금요일 오후 5시를 막 지난 때였어. 나는 방에서 나와 테이블 앞에 앉으려다가, 마르고트와 아빠가 앉을 공간이 부족하다고 한쪽 옆으로 밀쳐졌지. 두 사람은 라틴어를 연습하고 싶어 했어. 만년필은 테이블 위에 놓여 있었고, 그 주인은 한숨을 쉬며 테이블 좁은 구석에서 콩을 문지르기 시작했지. 콩에서 곰팡이를 떼어서 멀쩡한 콩으로 만들기 위해서였어. 나는 6시 15분에 바닥을 쓸고, 신문지에 먼지와 썩은 콩을 말아서 난로에 던져 넣었어. 불꽃이 확 일어났고, 나는 죽어 가던 장작이 그렇게 큰 불길을 내는 데 놀랐어.

다시 모든 게 조용해졌어. 라틴어 학습자들은 떠났고, 나는 아까 못한 일을 하려고 테이블로 돌아갔어. 하지만 아무리 찾아도 만년필이 보이지 않는 거야. 나는 다시 한번 찾아보았어. 마르고트, 엄마, 아빠도 함께 찾았고, 뒤셀 씨도 찾았어. 하지만 만년필은 어디에도 없었어.

"어쩌면 콩하고 같이 난로에 들어갔는지도 몰라!"

마르고트가 말했어.

"말도 안 돼!"

내가 대답했어.

하지만 그날 저녁 만년필이 계속 보이지 않자, 모두 그게 불에 타 버렸을 거라고 생각했지. 불길한 예감은 다음 날 아빠가 난로의 재를 치우다가 만년필 고정 클립을 발견하면서 확실해졌어. 금으로 된 펜촉의 흔적은 남지 않았어.

"녹아 버렸나 보다."

아빠는 말했어.

한 가지 위안은 (작은 위안이지만) 내 만년필이 화장되었다는 거야. 나도 죽으면 화장을 하고 싶거든!

1943년 12월 6일, 월요일

키티에게

성 니콜라우스의 날[14]이 다가올수록 우리는 작년의 화려했던 바구니를 생각했어.

특히 내가 올해 이날을 기념하지 않고 지나가면 안 된다고 생각했지. 그리고 고민 끝에 재미있는 아이디어를 생각해 냈어. 나는 아빠하고 의논했고, 우리는 일주일 전에 모든 사람에게 시를 쓰기 시작했어.

일요일 저녁 8시 15분에 우리는 큰 빨래 바구니를 들고 위층에 올라갔어. 분홍색, 파란색 탄소지로 문양을 오리고 리본을 만들어서 바구니를 장식했어. 그 위에 큰 갈색 포장지를 덮고 쪽지를 붙였어.

모두가 선물의 크기에 놀랐지. 내가 쪽지를 떼어 내서 읽었어.

다시 한번 성 니콜라우스의 날이
우리의 은신처에 찾아왔지만,
안타깝게도 지난해처럼 즐겁게
이날을 기념할 수는 없도다.
그때 우리는 희망이 있었으니까.
낙관주의가 승리를 차지할 것 같았고,
한 해가 저물어 갈 무렵에는
자유와 안전을 찾을 거라 믿었지.
그래도 오늘은 성 니콜라우스의 날.
나누어 줄 것은 남아 있지 않지만,
우리는 다른 방법을 생각했네.
모두 자기 신발 속을 보기를!

사람들이 상자에서 자기 신발을 꺼내고 폭소를 터뜨렸어. 신발 안에는 주인의 이름이 적힌 꾸러미가 하나씩 있었거든.

14) 유럽의 기독교 축일로 크리스마스와 비슷한 풍습이 있다. 축일 전날 아이들은 굴뚝 아래에 신발을 두고 자고, 다음 날 신발 안에서 선물을 발견한다.

1943년 12월 26일, 일요일

키티에게

크리스마스 다음 날이고, 나는 아빠가 작년 이맘때 해 준 이야기가 자꾸 생각나. 그때는 그 뜻을 지금처럼 잘 알지 못했어. 아빠가 다시 그 이야기를 한다면 내가 이제는 이해했다는 걸 알려 줄 수 있을 거야!

아빠는 남들의 '깊은 비밀'을 많이 알아. 그런 아빠도 한 번은 자기 감정을 표현하고 싶어서 그 이야기를 했을 거야. 아빠는 자기 이야기를 전혀 하지 않고, 마르고트는 아빠가 어떤 일을 겪었는지 전혀 모를 거야. 불쌍한 아빠. 아빠가 뭐라고 해도, 나는 아빠가 그 여자를 잊지 않았다는 걸 알아. 아빠는 그럴 수 없어. 아빠는 그 일로 아주 너그러운 사람이 되었어. 아빠도 엄마의 단점들을 모르지 않으니까. 나는 아빠를 닮고 싶지만 아빠와 같은 일[15]을 겪고 싶지는 않아!

1944년 3월 29일, 수요일

키티에게

볼케스테인 장관이 런던의 네덜란드 방송에 나와서, 전쟁이 끝나면 전쟁 때 쓴 일기와 편지들을 모을 거라고 말했어. 그러자 사람들이 모두 내 일기에 대해서 말했어. 비밀 별채에 대한 소설을 발표하면 얼마나 재

---

15) 안네는 아빠의 이야기를 바탕으로 〈카디의 인생〉을 썼다.

미있을까? 제목만 보면 사람들은 탐정 소설인 줄 알 거야.

하지만 진지하게 보면, 사람들은 은신처의 유대인들이 어떻게 살았는지, 무얼 먹고 무슨 이야기를 했는지 재미있게 읽을 거야. 전쟁이 끝나고 10년이 지나도 말이야. 이곳 생활에 대해서 너한테 많은 이야기를 했지만, 너는 아직도 우리를 잘 몰라. 여기 얼마나 많은 전염병이 날뛰는지, 공습 때 여자들이 얼마나 겁을 먹는지. 지난 일요일을 예로 들면 영국 비행기 350대가 에이마위던에 폭탄 550톤을 투하해서, 집들이 바람 앞의 풀잎들처럼 흔들렸지.

너는 이런 일을 전혀 몰라. 그 모든 걸 자세히 설명하려면 시간이 엄청 많이 들 거야. 채소나 다른 여러 가지 물건을 사려면 줄을 서야 해. 의사들은 왕진을 못 가. 자동차와 자전거가 돌아서는 즉시 도난당하니까. 도둑질이 너무 흔해서 도대체 어떻게 네덜란드 사람들이 갑자기 이렇게 됐나 의아할 지경이야. 여덟 살, 열한 살 되는 아이들은 남의 집 창문을 깨고 들어가서 닥치는 대로 물건을 훔쳐. 사람들은 집을 5분도 못 비워. 나갔다 돌아오면 살림이 모두 사라지고 없는 일이 흔하니까.

신문에는 날마다 훔친 타자기, 양탄자, 전기 시계, 옷감을 돌려주면 사례하겠다는 광고가 가득해. 길모퉁이의 전기 시계도 다 뜯기고, 공중전화는 전선까지 남아나지를 않아.

네덜란드 사람들의 사기는 땅에 떨어졌어. 모두가 굶주림에 시달려. 모조 커피만 빼면 일주일 치 배급 식량은 이틀도 안 가. 반격은 얼른 시작되지 않고, 남자들은 독일로 끌려가고, 아이들은 온갖 질병과 영양실

조에 시달리고, 모두가 낡은 옷을 입고 낡은 신발을 신고 살아.

이런 상황의 좋은 점이 하나 있어. 식량 상태가 악화되고 포고령이 엄격해질수록, 나치에 반대하는 사람들의 활동이 많아진다는 거야. 배급 위원회, 경찰, 공무원은 시민들을 돕는 편과 그들을 비난하며 감옥에 보내는 편으로 갈라져 있어. 다행히 네덜란드인들 중 잘못된 편에 붙는 사람은 소수야.

1944년 4월 5일, 수요일

키티에게

오랫동안 내가 왜 굳이 공부를 하려고 하는지 몰랐어. 전쟁의 끝은 아직도 멀고 동화처럼 비현실적인 일로 느껴져. 전쟁이 9월까지 끝나지 않으면 나는 학교로 돌아가지 않을 거야. 남들보다 2년 뒤지고 싶지 않거든.

내 하루하루는 페터르가 채워 주었어. 페터르, 꿈, 생각에만 싸여 있었는데, 토요일 밤이 되자 너무 괴로워졌어. 나는 페터르랑 있을 때 눈물을 삼켰고, 판 단 가족과 함께 레몬 펀치를 마실 때는 웃고 떠들었지만, 혼자가 되면 눈물이 터져 나올 걸 알았어. 나는 잠옷 차림으로 바닥에 앉아 열렬하게 기도했어. 그런 뒤 무릎을 끌어안고 두 팔에 머리를 얹은 웅크린 자세로 맨바닥에서 울었어. 하지만 큰 흐느낌 소리에 정신이 번쩍 들어서 억지로 눈물을 삼켰어. 옆방 사람들이 듣는 건 싫었으니까. 그러다가 진정하려고 애쓰며 "해야 돼, 해야 돼, 해야 돼……." 하고 말했어. 이런 이상한 자세로 오래 있다 보니까 몸이 뻣뻣해져서 그만 침대 옆에 쓰러졌고, 10시 30분까지 몸부림을 치다가 침대에 올라갔어. 고민은 끝났어!

그건 정말로 끝났어. 나는 마침내 내가 정말로 공부를 해야 한다는 걸 깨달았어. 무식한 사람이 되지 않기 위해, 인생을 잘 살기 위해, 그리고 기자가 되기 위해. 기자가 되는 게 내 꿈이거든! 나는 내가 글을 잘 쓰는 걸 알아. 내가 쓴 동화 몇 편은 나쁘지 않아. 비밀 별채 묘사는 유머러스하고, 일기는 생동감이 넘쳐. 하지만…… 정말로 재능이 있는지는 더 두고 봐야겠지.

〈에바의 꿈〉은 내가 쓴 동화 중 최고야. 도대체 어디서 이런 아이디어를 얻었는지 모르겠어. 〈카디의 인생〉도 일부는 괜찮은데, 전체적으로는 별로야. 나는 누구보다 나를 정확하고 가혹하게 평가해. 뭐가 좋고, 뭐가 나쁜지 알아.

글을 쓰지 않는 사람은 글이 얼마나 훌륭한지 몰라. 나는 예전부터 내가 그림을 못 그리는 게 슬펐는데, 글을 쓸 줄 안다는 걸 알게 돼서 기뻐. 그리고 만약 내가 책을 쓰거나 신문 기사를 쓸 만한 재능이 없다고 해도, 나 자신을 위한 글은 언제든지 쓸 수 있어. 물론 나는 그 이상을 원해. 엄마, 판 단 부인처럼 자기가 맡은 일만 하고 곧 잊히는 여자들처럼 살기는 싫어. 나에게는 남편과 아이 말고도 나 자신을 쏟을 무언가가 필요해! 나는 남들처럼 허영 속에 살고 싶지 않아. 모든 사람에게, 내가 모르는 사람에게도 쓸모 있고 기쁨을 주는 사람이 되고 싶어. 죽은 뒤에도 이름을 남기고 싶어! 그래서 글 쓰는 재능을 주신 하느님께 감사해. 글쓰기로 나를 발전시키고, 내가 가진 모든 걸 표현할 수 있으니까!

글을 쓸 때면 모든 걱정을 떨쳐 버릴 수 있어. 슬픔은 사라지고, 생기가 살아나! 하지만 (이게 중요한데) 내가 정말 훌륭한 글을 쓸 수 있을까? 기자나 작가가 될 수 있을까?

그랬으면 좋겠어. 정말 그랬으면 좋겠어. 글을 쓰면 모든 걸 기록할 수 있으니까. 내 모든 생각과 이상, 환상까지.

〈카디의 인생〉을 팽개쳐 둔 지 아주 오래됐어. 머릿속으로는 사건의 전개를 치밀하게 계획하는데, 생각한 대로 풀리지 않아. 아마 못 끝낼지도 모르고, 그러면 휴지통이나 난로에서 생명을 끝낼 거야. 그런 생각이 들면 괴롭지만, 나는 이렇게 말해.

"나이도 열네 살이고 경험도 별로 없는데, 철학에 대해서 쓸 수는 없잖아."

그렇게 기운을 되찾고 다시 전진해. 어쨌건 잘될 거야. 나는 글을 쓸 거니까!

1944년 4월 6일, 목요일

키티에게

네가 나에게 취미가 뭐냐고 물어서, 거기에 답을 하려고 해. 하지만 미리 말해 두는데, 나는 취미가 많아. 그러니까 너무 놀라지 마.

첫 번째는 글쓰기인데, 이건 취미는 아닌 것 같아.

두 번째는 왕실 계보야. 나는 구할 수 있는 모든 신문, 책, 서류를 보고 프랑스, 독일, 스페인, 영국, 오스트리아, 러시아, 노르웨이, 네덜란드 왕실의 계보를 연구해. 그래서 그에 대한 지식이 아주 많아. 그동안 전기와 역사책을 읽으면서 메모를 많이 해 두었거든. 역사책에서 베껴 적은 단락도 많아.

그러다 보니 세 번째 취미는 역사야. 아빠는 나에게 벌써 책을 많이 사 주었어. 도서관에 가서 필요한 자료를 찾을 날이 너무 기다려져.

네 번째는 그리스 로마 신화야. 나는 이 분야의 책도 여러 권 있어. 나는 뮤즈 여신 아홉 명과 제우스의 일곱 애인의 이름을 다 댈 수 있어. 헤라클레스의 아내들도 알고 다른 것도 많이 알아.

다른 취미로는 영화배우하고 가족사진 모으기가 있어. 나는 책을 정말 좋아하고, 예술의 역사, 특히 작가, 시인, 화가의 이야기를 좋아해. 음악가는 그다음이야. 수학은 싫어. 다른 과목은 다 좋지만 역사가 가장 좋아!

1944년 4월 21일, 금요일

키티에게

어제는 목감기로 누워 있었는데, 오후부터 너무 지루해지고 열도 없어서 오늘은 일어났어. 목의 통증은 거의 사라졌어.

우리는 온갖 재난을 차례로 겪고 있어. 바깥문들을 강화하자마자 판마런이 다시 고개를 들고 있어. 아마 그 사람이 우리 감자 가루를 훔쳐 갔을 거야. 그러고는 베프를 그 범인으로 몰려고 하고 있어. 별채는 당연히 다시 한번 난리가 났고 베프는 노발대발했어. 쿠글러 씨가 결국 이 음흉한 사람에게 미행을 붙일지도 몰라.

《프린스》 잡지에 (당연히 가명으로) 동화를 투고하고 싶어. 하지만 지금까지 내가 쓴 동화들은 다 너무 길어서 채택될 확률이 별로 없을 것 같아.

그럼 다음 시간까지 안녕.

1944년 5월 3일, 수요일

키티에게

먼저 한 주 동안의 소식을 전할게! 우리는 지금 정치 이야기를 하지 않는 시간을 보내고 있어. 전할 소식이 없어, 하나도. 나는 또 점점 반격이 시작될 거라는 믿음이 생겨. 어쨌건 연합군이 궂은일을 러시아에게 다 맡길 수는 없어. 실제로도 러시아는 지금 아무 일도 하고 있지 않고.

클레이만 씨가 이제 아침마다 사무실에 와. 그분이 페터르의 소파에 넣을 새 스프링 세트를 구해 와서 페터르는 소파를 새 단장해야 해. 하지만 그는 별로 그러고 싶어 하지 않아. 클레이만 씨는 고양이에게 뿌릴 가루 벼룩약도 가지고 왔어.

창고 고양이 보슈가 사라졌다는 말을 했나? 지난 목요일 이후로 보슈는 털끝도 보이지 않아. 어쩌면 어떤 동물 애호가가 별미로 냠냠해서 이미 고양이 천국에 가 있을지도 몰라. 아니면 어떤 여자가 보슈의 털로 만든 모자를 쓰게 될지도 모르지. 페터르는 아주 속상해해.

이 주일 전부터 우리는 토요일이면 11시 30분에 점심을 먹었어. 아침은 뜨거운 시리얼 한 컵이 다야. 내일부터는 매일 그래야 할 거야. 그래야 끼니를 줄일 수 있어. 채소 구하기가 계속 어려워. 오늘 오후에는 상한 상추를 익혀 먹었어. 일반 상추, 시금치, 익힌 상추가 전부야. 거기다 상한 감자를 곁들이면 임금님 수라도 안 부러워!

두 달 넘게 생리가 없다가 지난 일요일에 다시 시작했어. 생리는 번거롭지만, 그래도 다시 하게 돼서 기뻐.

너도 짐작하겠지만, 우리는 절망감에 싸여서 서로에게 자주 물어.

"도대체 왜 전쟁을 할까? 왜 평화롭게 살지 못해? 왜 이런 파괴를 저지르는 거야?"

이런 질문은 이해되지만, 지금까지 누구도 만족스러운 답을 하지 못했어. 왜 영국은 점점 더 크고 뛰어난 비행기와 폭탄을 만들면서 동시에 재건을 위한 신규 주택들을 쏟아 내는 걸까? 왜 매일 그 많은 돈을 전쟁에 퍼부으면서, 의학, 예술, 복지에는 한 푼도 쓰지 않는 걸까? 왜 세상 한 곳에는 음식이 산더미처럼 쌓여 썩어 나가는데 다른 곳은 굶주림에 시달려야 할까? 아, 왜 사람들은 이렇게 이상한 거지?

나는 전쟁이 정치인과 자본가들만의 작품이라고는 생각하지 않아. 그래, 평범한 사람들도 다 범인이야. 안 그러면 오래전에 반란이 일어났을 테니까! 사람에게는 파괴의 충동, 분노의 충동, 살인의 충동이 있어. 모든 인류가 한 사람도 남김없이 변화하지 않는다면 전쟁은 끊임없이 일어나서, 성실하게 건설하고 일구고 키운 모든 것을 파괴할 거야. 그러면 인류는 처음부터 다시 시작해야 하지!

나는 우울했던 적은 많지만, 절망에 빠졌던 적은 없어. 우리의 은신생활은 스릴과 낭만이 가득한 모험이고, 모든 결핍은 일기에 쓸 재미있는 이야깃거리라고 생각해. 나는 보통 여자애들하고는 다르게 살고, 평범한 주부는 되지 않기로 마음먹었어. 이곳의 경험은 충만한 인생의 흥미로운 시작이 될 거고, 그 이유 하나로 나는 극도의 위험 속에서도 거기 담긴 유머를 보고 웃어야 해. 나는 아직 어리고, 아직 감추어진 특징이 많아. 나는 어리고 강하고, 큰 모험을 해내고 있어. 그 한복판을 살면서 재미있는 일을 못 한다고 불평만 할 수는 없어! 나는 밝고 명랑한 성격, 정신력 등 가진 게 많아. 매일 내가 성숙해 가는 걸 느끼고, 해방이 다가오는 것, 자연의 아름다움과 주변 사람들의 선의를 느껴. 지금의 삶은 정말로 환상적이고 재미난 모험이라고 생각해! 이런 상황에서 내가 절망할 필요가 뭐가 있어?

1944년 5월 8일, 월요일

키티에게

우리 가족 이야기를 해 준 적이 있던가? 없는 것 같아. 그래서 그 이야기를 해 볼게. 우리 아빠는 독일 프랑크푸르트의 아주 부유한 집안에서 태어났어. 할아버지 미하엘 프랑크는 은행업을 해서 백만장자가 되었어. 할머니 알리스 슈테른은 부유한 저명인사의 딸이었지. 미하엘 프랑크는 처음부터 부자는 아니었지만 자수성가했어. 아빠는 젊은 시절에 부잣집 도련님으로 살았어. 매주 파티, 무도회, 예쁜 여자, 춤, 만찬, 대저택 등등을 누렸지. 하지만 할아버지가 돌아가시자 재산은 대부분 사라지고, 제1차 세계 대전과 인플레이션을 거치면서 완전히 바닥났어. 그래도 이 전쟁 전까지는 부유한 친척이 꽤 많아서 귀하게 자랐어. 어제는 오십오 년 인생에 처음으로 프라이팬 바닥을 긁어 본다며 웃었어.

엄마의 집안은 그 정도로 부자는 아니었지만, 그래도 잘살았어. 우리는 엄마에게서 무도회, 만찬회, 하객이 250명이나 온 약혼식 같은 이야기를 입을 벌리고 들었어.

우리는 지금 부유한 것과 거리가 멀지만, 나는 전쟁 후에 희망을 걸고 있어. 그리고 나는 엄마나 마르고트처럼 점잖고 안정된 삶을 목표로 하지 않아. 파리나 런던에 가서 1년 동안 언어와 예술사를 공부하고 싶어. 이걸 마르고트하고 비교해 봐. 마르고트는 팔레스타인에서 신생아들을 돌보고 싶어 해. 나는 아직 눈부신 드레스나 화려한 사람들에 대한 환상이 있어. 여러 번 말했듯이, 나는 세상을 보고 싶고 온갖 흥미로운 일을 경험하고 싶어. 그래서 돈이 좀 있는 것도 나쁘지 않아!

오늘 아침에 미프가 토요일에 있던 자기 사촌의 약혼식 이야기를 해 주었어. 사촌은 부모님이 부자고, 신랑 쪽은 훨씬 더 부자래. 우리는 약혼식 음식 이야기를 들으며 군침을 삼켰어. 미트볼과 치즈가 든 채소 수프, 저민 고기가 들어간 롤빵, 계란과 구운 소고기로 만든 애피타이저, 치즈가 들어간 롤빵, 스펀지케이크, 와인, 그리고 모든 걸 원하는 만큼 먹을 수 있었대.

미프는 술을 열 잔 마시고 담배를 세 대 피웠대. 술을 입에도 안 댄다는 사람이! 미프가 술을 그렇게 마셨다면, 미프의 남편은 얼마나 마셨을까? 약혼식에서는 당연히 모두가 취했어. 살인 담당 경찰관도 두 명 와서 예비 신랑 신부의 사진을 찍어 주었대. 미프는 그 상황에서도 우리를 생각하고, 혹시 우리에게 마음씨 좋은 네덜란드인의 도움이 필요할 경우에 대비해서 그 사람들의 이름과 주소를 받았대.

우리 입에는 군침이 잔뜩 고였어. 우리는 아침에는 뜨거운 시리얼 두 숟가락, 그 후로는 하루 종일 데친 시금치(비타민을 위해!)와 상한 감자뿐이거든. 허전한 배를 익힌 상추, 생상추, 시금치, 시금치, 다시 시금치로 채워야 해. 이러다 뽀빠이처럼 튼튼해질지도 몰라. 지금은 그럴 기미가 전혀 안 보이지만!

미프가 우리를 그 파티에 데리고 갔다면, 다른 손님들은 롤빵을 한 개도 못 먹었을 거야. 우리가 닥치는 대로 다 먹었을 테니까. 어쩌면 가구까지. 우리는 미프의 입에서 이야기를 끄집어내다시피 했어. 맛있는 음식과 화려한 사람들 이야기를 한 번도 들어 본 적 없는 것처럼 미프를 빙 둘러앉아 있었지! 이런 나와 마르고트가 백만장자의 손녀딸이라니, 세상은 정말 웃기지 뭐야!

1944년 5월 9일, 화요일

키티에게

요정 엘렌에 대한 동화를 완성해서 깨끗한 종이에 옮겨 적고, 붉은 잉크로 장식한 다음 실로 꿰맸어. 아빠에게 줄 거야. 예쁘긴 한데, 괜찮은 생일 선물일지 모르겠어. 마르고트와 엄마는 모두 시를 썼어.

1944년 5월 11일, 목요일

키티에게

만년필이 있는 '쓰레기 상자'를 위층에 통째로 두고 왔는데, 어른들의 낮잠 시간(2시 30분까지)을 방해할 수 없어서 이렇게 연필로 글을 쓰게 되었어.

지금 나는 너무 바빠서, 이상하게 들리겠지만 쌓인 일을 할 시간이 부족해. 내 할 일이 뭔지 간단히 말해 줄까? 우선 내일이 가기 전에 갈릴레오 갈릴레이 전기의 1권을 다 읽어야 해. 도서관에 반납해야 하거든. 그 책은 어제 읽기 시작했는데, 320페이지 중 220페이지를 읽었으니까 기한에 맞출 수 있을 거야. 다음 주에는 《교차로의 팔레스타인》하고 갈릴레이 2권을 읽어야 돼. 거기에 어제 카를 5세 황제의 전기 1권도 다 읽었어. 이제 그동안 수집한 계보도와 메모를 정리해야 돼. 다음으로는 여러 책에서 메모한 외국어가 세 페이지야. 모두 공책에 정리해 놓고 외우고, 소리 내서 읽어야 돼. 네 번째 할 일에는 시간이 며칠이나 필요해. 흩어져 있는 영화배우들이 얼른 정리해 달라고 아우성이지만, 이미 말했듯이 안네 교수님은 너무 바쁘기 때문에 그 사람들은 혼돈 상태를 조금 더 견뎌야 해. 그다음으로는 테세우스, 오이디푸스, 펠레우스, 오르페우스, 이아손, 헤라클레스도 정리를 기다리고 있어. 이 사람들의 다양한 활동이 내 머릿속에 드레스의 오색실처럼 엉켜 있거든. 미론과 페이디아스에게도 긴급한 관심이 필요해. 안 그러면 이 사람들 자리가 어디인지 완전히 잊어버릴 테니까. 그건 7년 전쟁과 9년 전쟁 같은 것도 마찬가지야. 이제 모든 게 뒤죽박죽이 되었어. 이런 기억력으로 뭘 할 수 있겠어! 팔십 살이 되면 건망증이 얼마나 심해질까!

아, 하나 더 있어. 성경. 목욕하는 수산나 이야기는 얼마나 더 가야 나오는 거야? 그리고 소돔과 고모라는 무슨 뜻이야? 아, 알아내고 배워야 할 게 너무 많아. 그러는 사이 《팔츠의 샤를로테》는 외면받고 있어.

내가 얼마나 바쁜지 알겠지, 키티?

그리고 또 하나가 있어. 너는 내 가장 큰 소망이 기자가 되고, 그 후에 유명 작가가 되는 거라고 전부터 알고 있지. 이런 거창한 환상(어쩌면 망상)이 실현될지 어떨지는 모르겠지만, 지금까지 내게 쓸거리가 부족하지는 않았어. 어쨌건 전쟁이 끝나면 《비밀 별채》라는 책을 내고 싶어. 해낼 수 있을지는 가 봐야 알겠지만 이 일기가 토대가 되어 줄 거야.

〈카디의 인생〉도 완성해야 돼. 후반부의 줄거리를 생각해 냈거든. 카디는 요양원에서 치료를 받은 뒤 집으로 돌아가서 한스와 계속 편지를 주고받아. 1941년이고, 카디는 오래지 않아 한스가 나치 동조자라는 걸 알게 돼. 카디가 유대인들과 친구 마리안네의 고충을 깊이 걱정해서 두 사람은 차츰 사이가 멀어져. 그러다 다시 만나지만, 한스가 다른 여자를 만나면서 헤어지지. 카디는 깊은 슬픔을 겪지만, 좋은 직업을 갖고 싶어서 간호사 공부를 해. 졸업 후에는 아버지 친구들의 부탁을 받고 스위스의 결핵 요양원에 취직하지. 그리고 첫 휴가 때 코모 호수에 갔다가 한스를 만나. 한스는 그때 그 여자랑 2년 전에 결혼했지만 아내가 우울증으로 자살했다고 말해. 카디를 만난 한스는 카디에 대한 사랑을 깨닫고 다시 청혼해. 하지만 카디는 거절해. 아직도 그를 사랑하지만 자존심이 허락하지 않아. 한스는 떠나고 카디는 오랜 세월 후 그가 영국으로 갔고, 병에 시달린다는 소식을 들어.

카디는 스물일곱 살에 시몬이라는 부유한 스위스 남자와 결혼해. 남편을 사랑하게 되지만 한스만큼 사랑하지는 않지. 아이는 딸 둘과 아들 하나를 두었어. 카디와 시몬은 행복하게 살지만, 카디의 마음 한구석에는 늘 한스가 있어. 하지만 카디는 어느 날 한스의 꿈을 꾸고 마침내 영원한 작별을 고하지.

사랑 타령하는 헛소리는 아냐. 아빠의 실화에 바탕한 거야.

1944년 6월 9일, 금요일

키티에게

별채 사람들은 판 단 씨와 페터르만 빼고 모두 《헝가리 광시곡》 3부작을 읽었어. 작곡가이자 피아노 명수인 신동 프란츠 리스트의 전기야. 아주 재미있지만, 여자들 일을 너무 강조했다는 느낌이 들어. 리스트는 당대 최고의 피아니스트였을 뿐 아니라 칠십 세까지도 최고의 바람둥이였어. 그가 사귄 여자들은 마리 다구 백작 부인, 카롤리네 자인-비트겐슈타인 공작 부인, 무용수 롤라 몬테즈, 피아니스트 애그니스 킹워스, 피아니스트 조피 멘터, 체르케스 공주 올가 야니나, 올가 마이엔도르프 남작 부인, 배우 릴라 아무개 등등 끝도 없어. 하지만 음악과 예술에 관련된 내용이 훨씬 재미있어. 여기 이름이 나오는 사람들은 슈만, 클라라 비크, 엑토르 베를리오즈, 요하네스 브람스, 베토벤, 요아킴, 리하르트 바그너, 한스 폰 뷜로, 안톤 루빈스타인, 프레데리크 쇼팽, 빅토르 위고, 오노레 드 발자크, 힐러, 훔멜, 체르니, 로시니, 케루비니, 파가니니, 멘델스존 등이 있어.

리스트는 괜찮은 사람 같아. 너그럽고 겸손했지만 허영심이 대단했어. 그는 여러 사람을 돕고, 예술을 최고로 여기고, 코냑과 여자를 엄청나게 좋아하고, 남의 눈물을 보지 못하고, 신사고, 부탁을 거절하지 못하고, 돈에 관심이 없고, 종교의 자유와 세상을 걱정했어.

1944년 6월 15일, 목요일

키티에게

내가 이토록 자연을 사랑하게 된 건 바깥에 너무 오랫동안 나가지 못해서일까? 나는 눈부시게 파란 하늘, 새들의 노래, 달빛, 피어나는 꽃망울에 그렇게 매혹되지 않았던 시절을 기억해. 하지만 여기 온 뒤 사정이 바뀌었어. 예를 하나 들어 보면, 오순절 축일 중 아주 더웠던 어느 날 밤 나는 11시 30분까지 잠을 자지 않으려고 기를 썼어. 한 번이라도 혼자서 달을 제대로 보고 싶어서. 하지만 헛수고였지. 주변이 너무 환해서 창문을 열 수가 없었거든. 또 몇 달 전 어느 날 창문을 열어 둔 밤에 내가 위층에 있었는데, 문을 다시 닫아야 할 때까지 내려오지 않았어. 비 오는 어두운 저녁, 바람, 질주하는 구름에 매혹됐거든. 나는 1년 반 만에 처음으로 밤을 똑바로 바라보았어. 그리고 그걸 다시 보고 싶은 열망이 도둑이나 강도, 어둠 속의 쥐 떼에 대한 두려움보다 훨씬 커졌어. 나는 혼자 아래층에 내려가서 주방과 별실 창밖을 내다보았어. 많은 사람이 자연은 아름답다고 생각하고, 이따금 별빛 아래 잠을 자.

병원이나 감옥에 있는 사람들은 자유를 얻고 자연을 누릴 날을 열망해. 그런데 부자도 빈자도 똑같이 누릴 수 있는 자연의 기쁨을 우리처럼 박탈당한 사람은 극히 드물어.

하늘, 구름, 달, 별을 바라보면 내 마음은 정말로 차분해지고 희망이 차올라. 내 머릿속 상상에 그치는 게 아냐. 그건 진정제나 진통제보다 훨씬 좋은 약이야. 자연은 나를 겸손하게 만들고, 어떤 고난에도 맞설 용기를 줘!

처지가 이렇다 보니, 예외적인 몇 경우를 빼면 오직 더러운 커튼 틈으로, 그리고 먼지 낀 창문을 통해서밖에 자연을 볼 수 없어. 이런 방식은 보는 즐거움을 빼앗아 가. 이 세상에 대체할 게 아무것도 없는 건 바로 자연이야!

나를 괴롭히는 많은 질문 중 하나는 왜 여자는 옛날부터 지금까지 남자보다 못하다고 여겨지느냐야. 부당하다고 말하기는 쉽지만 그걸로는 부족해. 나는 이 거대한 부당함의 이유를 알고 싶어!

남자는 육체적 힘이 더 강해서 태초부터 여자를 지배한 것 같아. 돈을 벌고, 여자를 임신시키고, 자기 뜻대로 하는 사람들은 남자야……. 최근까지 여자들은 이런 상황을 말없이 받아들였고, 그건 바보 같은 일이었어. 이런 일은 오래될수록 고질적이 되니까. 다행히 교육과 노동과 진보 덕분에 이제 여자들이 눈을 떴어. 여러 나라에서 여자들이 동등한 권리를 갖게 되었고, 많은 이들, 주로 여자들이지만 남자들 역시 이런 일을 이토록 오래 참은 건 잘못이라는 걸 깨닫고 있어. 현대 여성은 완전한 독립을 원해!

하지만 그게 다가 아니야. 여자는 존경도 받아야 해! 남자들은 세계 곳곳에서 존경을 받는데, 여자들은 그러지 못할 이유가 어디 있어? 군인과 전쟁 영웅은 칭송을 받고, 탐험가는 불멸의 명성을 누리고, 순교자는 칭송을 받는데, 여자도 전사로 존경하는 사람이 얼마나 될까?

나는 《후방 전선의 군인》이라는 책을 읽고서 여자들이 출산만 놓고 봐도 전쟁 영웅들보다 훨씬 더 큰 고통과 질병을 겪는다는 사실에 충격받았어. 그런데 그런 고통을 이겨 낸 보상이 뭐지? 출산으로 몸매가 망가졌다고 외면받고, 아이들은 자라서 떠나고, 미모는 시들어. 그런 노력과 고통 속에 인류를 지속시켜 온 여자들은 그 떠들썩한 자유의 영웅들을 모두 합한 것보다 훨씬 더 강인하고 용감한 전사들이야!

여자들이 이제 아이를 낳지 말아야 한다는 뜻이 아니야. 그와는 반대로, 자연이 여자를 그렇게 만들었으니까 그에 따르는 게 옳은 길이야. 내가 규탄하는 건 우리의 가치 체계, 그리고 여자들이 사회에서 맡은 중대하고도 힘들고 아름다운 역할을 인정하지 않는 남자들이야.

나는 이 책의 저자 폴 드 크라이프가 한 말, 그러니까 이른바 문명 세계에서 출산은 더 이상 불가피한 일이 아니라는 것, 그리고 남자들이 그 사실을 알아야 한다는 데 전적으로 동의해. 남자들이 말하기는 쉬워. 그들은 여자처럼 직접 그 고충을 겪을 일이 없으니까!

다음 세기에는 여자가 아이를 낳을 의무가 있다는 생각이 바뀌고, 불평도 허장성세도 없이 그 일을 감당하는 모든 여자들이 존경받게 될 거라고 믿어.

세상은 완전히 거꾸로가 되었어.

가장 훌륭한 사람들이 강제 수용소, 감옥, 독방에 갇히고,

가장 비겁한 자들이 권좌에 있어.

어떤 사람은 암시장에서 거래를 하다가 잡히고,

어떤 사람은 유대인이나 다른 불쌍한 사람들을 숨겨 주다가 잡혀.

나치가 아니라면, 사람들은 하루하루 자신에게 무슨 일이 생길지 몰라.

우리가 고통을 겪는 이유

1944년 : 희망 또는 위협

1944년 2월 3일, 목요일

키티에게

날마다 전국에서 대대적인 반격이 벌어지고 있어. 네가 여기 있다면 너도 그 엄청난 준비에 나만큼이나 감동받을 거야. 하지만 우리의 법석에 웃음을 터뜨릴 것도 같아. 어쨌건 이게 다 헛수고로 돌아갈 수도 있으니까!

신문에 넘쳐 나는 반격 소식에 사람들은 잔뜩 흥분했어.

"영국군이 네덜란드에 상륙할 경우에 대비해서, 독일군은 국토방위에 최선을 다할 것이다. 필요하면 국토를 침수시킬 수도 있다."

신문에는 네덜란드의 침수 가능 지역을 알려 주는 지도도 실렸어. 암스테르담도 상당히 많은 지역이 해당돼서, 만약 도로에 물이 허리 높이까지 차면 우리는 어떻게 해야 하나 질문하지 않을 수 없었어. 그 곤란한 질문에 대한 반응은 다양했지.

"자전거를 탈 수 없으니까, 물을 헤치고 가야겠죠."

"바보 같은 소리. 헤엄쳐 가야지. 수영복을 입고 수영모를 쓰고 최대한 물속으로 가야 해. 그래야 우리가 유대인이라는 걸 모르지."

"말도 안 돼요! 여자들이 쥐들하고 같이 헤엄을 치다가 다리를 물리게요?" (이 말을 한 사람은 물론 남자였어. 과연 누구 비명이 가장 큰지 볼까?)

"이 집 밖으로 나갈 수도 없을걸. 이 창고는 너무 허술해서 홍수가 밀려들면 무너질 거야."

"농담은 그만두고, 그렇게 되면 배를 구해야 해요."

"무슨 소리. 더 좋은 생각이 있어. 다락에 있는 상자들을 하나씩 가져다가 나무 숟가락으로 노를 저으면 돼."

"나는 죽마를 타겠어요. 어렸을 때 나는 죽마 도사였다고요."

"얀 히스는 그럴 필요 없어. 얀은 아내의 등에 업히고, 미프가 죽마를 탈 거야."

그러니 여기서 무슨 일이 벌어지는지 대충 알겠지, 키티? 이런 농담은 재미있지만, 현실은 반대일 거야. 그리고 반격에 대한 두 번째 질문이 생기지. 독일인이 암스테르담 주민을 모두 도시 밖으로 내보내면 우리는 어떻게 해야 하나?

"사람들 틈에 섞여서 떠나야지. 최대한 변장을 하고서."

"무슨 일이 있어도 밖에 나가면 안 돼요! 그냥 여기 있는 게 최선이에요! 독일인이 네덜란드 사람 전부를 독일로 데려갈 수는 없어요. 거기가면 다 죽어요."

"물론 우리는 여기 있어야지요. 여기가 제일 안전하니까. 클레이만네 식구도 다 여기 들어오라고 해야겠어요. 대팻밥을 넣은 자루를 깔면 바닥에서도 잘 수 있어요. 미프와 클레이만 씨에게 만약에 대비해서 담요를 가져오라고 합시다. 그리고 곡식 30킬로그램이 비축되어 있지만 모자랄지도 모르니 곡식을 더 주문합시다. 얀은 콩을 더 구해 봐요. 지금 우리는 콩이 30킬로그램, 완두콩이 4.5킬로그램 있어요. 채소 통조림도 50통 있고요."

"다른 거는요, 엄마? 다른 거는 얼마나 있는지 알려 줘요."

"생선 통조림이 10통, 우유가 40통, 분유 9킬로그램, 식용유 3병, 버터 4통, 고기 4병, 큰 병으로 딸기 2병, 라즈베리가 2병, 토마토 20병, 오트밀 4.5킬로그램, 쌀 4킬로그램. 이게 다야."

우리의 식량 사정은 괜찮은 편이야. 하지만 이걸 사무실 직원들도 일주일에 한 번씩 가져다 먹기 때문에 생각만큼 많은 건 아냐. 우리는 석탄과 땔감, 초도 충분해.

"만약 여기를 떠나게 되면 돈을 가져갈 수 있게 옷에다 주머니를 만들어 답시다."

"급히 달아나야 할지도 모르니까 가장 중요한 것들의 목록을 만들고, 미리 배낭도 꾸려 놓아야겠어요."

"때가 오면 두 명씩 망을 보죠. 한 명은 지붕 창고에서 건물 앞쪽을 보고 다른 한 명은 뒤쪽을."

"물이나 가스, 전기가 없다면 이렇게 많은 식량이 무슨 소용이죠?"

"난로에 요리를 하면 돼요. 물은 정수를 해서 끓여서 쓰고요. 큰 주전자를 씻어서 물을 채워야 해요. 또 통조림 만드는 냄비에도 물을 담아 둘 수 있어요. 그리고 욕조에도."

"거기다 향료 저장실에는 아직 겨울나기용 감자가 100킬로그램 있어요."

하루 종일 이런 대화뿐이야. 반격, 반격, 온통 반격 이야기밖에 없지. 식량 부족, 죽는 일, 폭탄, 소화기, 침낭, 신분증, 독가스 등과 관련된 논쟁들. 별로 유쾌하지는 않아.

나는 불안하지 않고, 이런 법석에 전혀 신경을 쓰지 않아. 내가 살건 죽건 별로 상관하지 않는 지경까지 왔어. 세상은 나 없이도 돌아갈 거고, 어쨌건 나는 세상을 바꾸기 위해 아무것도 할 수 없어. 그냥 세상 일은 알아서 흘러가게 하고, 공부에 집중하면서 모든 것이 잘되기를 희망할 거야.

너의 친구, 안네

1944년 3월 27일, 월요일

키티에게

우리 은신 생활의 중요 주제 하나는 정치지만, 나는 그걸 계속 피했어. 관심이 없는 분야거든. 하지만 오늘은 정치 이야기만 해 보려고 해.

물론 정치에 대한 의견은 다양하고, 전쟁 시기에 그런 이야기가 많이 나오는 건 당연한 일이야. 하지만 정치를 두고 그렇게 말다툼을 많이 하는 건 바보 같아! 자기들끼리만 그런다면, 웃고 욕하고 내기하고 투덜거리는 것까지는 상관없어. 하지만 말다툼은 하면 안 돼. 그건 사태를 악화시키기만 하니까. 밖에서 오는 사람들은 우리에게 많은 소식을 전해 주는데, 그중에는 나중에 사실이 아니라고 밝혀지는 게 많아. 하지만 지금까지 라디오는 거짓말을 한 적이 없어. 여기 별채의 분위기는 늘 똑같아. 반격, 공습, 연설 등에 대해 끝없는 토론이 이어지면서 "말도 안 돼!", "지금 시작하면 얼마나 오래갈까!", "아주 대단할 거야!" 같은 감탄이 끼어들지.

현실주의자는 말할 것도 없고 낙관주의자나 비관주의자 모두 열렬하게 자기 견해를 밝히고, 언제나 그렇듯이 자신만이 진리를 독점한다고 확신해. 이곳의 어떤 부인은 배우자가 영국을 깊이 신뢰하는 걸 못마땅하게 여기고, 어떤 남편은 아내가 자신의 사랑하는 조국을 놀리고 비난한다고 화를 내!

그런 일이 아침부터 밤까지 계속돼. 재미있는 건 그런 일에 지치는 법이 없다는 거야. 나는 신기한 장난을 하나 발견했고 그 효과는 대단해. 사람을 콕 찌르면 펄쩍 뛰는 것하고도 같아. 뭐냐면 내가 정치 이야기를 시작하는 거야. 질문 하나, 단어 하나, 문장 하나면 돼. 그러면 금세 모두가 달려들어!

사람들은 매일 아침 8시에 (때로는 더 일찍) 라디오를 켜고, 밤 9시,

10시, 11시까지 매시간 방송을 들어. 하루에 한 번, 아니 많아도 두 번만 방송을 들으면 충분할 거 같은데 어른들은 안 그래. 일하며 듣는 음악 방송, 영국의 네덜란드어 방송, 프랑크 필립스, 빌헬미나 여왕, 이 모든 프로그램을 번갈아 틀어. 먹거나 잘 때가 아니면 라디오 앞에 모여 앉아서 이야기를 해. 후유! 너무 지겹고, 나까지 지루한 할망구가 되어 버릴 것 같아.

그래도 우리가 사랑하는 윈스턴 처칠[16]의 연설이 나올 때는 빛나는 시간이야.

일요일 저녁 9시. 커버를 씌운 찻주전자가 테이블에 놓여 있고, 손님들이 들어와.

뒤셀 씨가 라디오 왼편에 앉고, 판 단 씨는 그 앞에, 페터르는 옆쪽에 앉아. 엄마는 판 단 씨 옆에 앉고, 판 단 부인은 두 사람 뒤에 앉아. 마르고트하고 나는 마지막 줄에, 아빠는 테이블 앞에 앉아. 이런 설명으로는 우리의 자리 배치를 정확히 알 수 없겠지만, 그건 중요하지 않아. 남자들은 담배를 피우고, 페터르는 눈을 감고 귀를 기울여. 엄마는 검은색 원피스 잠옷을 입었고, 판 단 부인은 비행기들 때문에 벌벌 떨어. 비행기들은 연설에도 아랑곳없이 에센 지방을 향해 씽씽 날아가고 있어. 아빠는 차를 마시고, 마르고트와 나는 자매답게 나란히 앉아 있어. 마우스히는 우리 두 사람 무릎을 다 차지하고 잠들어 있어. 마르고트는 머리에

---

16) 제2차 세계 대전 때의 영국 총리로, 전쟁을 연합군의 승리로 이끌었다.

헤어 롤을 말고 있고, 나는 잠옷이 너무 작고 끼고 짧아. 모든 게 친밀하고 아늑하고 평화로워 보여. 드물게도 정말로 그런 분위기야.

나는 연설이 끝나는 게 두려워. 사람들은 다시 논쟁하고 싶어서 안달하고 있거든! 쥐구멍의 쥐를 불러내는 고양이처럼, 서로를 자극해서 싸움과 불화를 이끌어 내.

1944년 4월 3일, 월요일

키티에게

평소와 달리, 오늘은 너한테 여기 식량 사정을 자세히 설명해 보겠어. 그게 여기 별채뿐 아니라 네덜란드 전체, 유럽 전체, 그리고 다른 곳에서도 아주 어렵고 중요한 문제가 되었거든.

우리는 여기서 21개월을 살았고, 많은 '식품 주기'를 겪었어. 그게 무슨 뜻인지는 곧 알게 될 거야. '식품 주기'는 우리가 한 종류의 음식 또는 채소만 먹는 기간을 말해. 우리는 한동안 꽃상추만 먹고 살았어. 모래 섞인 꽃상추, 모래 없는 꽃상추, 으깬 감자와 꽃상추, 으깬 감자찜과 꽃상추. 다음에는 시금치였고, 그다음에는 콜라비, 우엉, 오이, 토마토, 양배추절임 등이 이어졌지.

양배추절임을 매일 점심, 저녁에 먹는 일은 그렇게 즐겁지 않지만, 배가 고프면 그런 건 문제도 안 돼. 하지만 이제는 그중에 가장 즐거운 시기를 겪고 있어. 채소가 아예 없거든.

우리의 일주일 점심 메뉴는 갈색 콩, 완두콩 수프, 감자 만두, 감자 빵, 그리고 은총 어린 순무 잎이나 상한 당근으로 이루어지고, 그런 뒤 다시 갈색 콩으로 돌아가. 빵이 부족해서 아침 식사부터 끼니마다 감자를 먹지만, 약간 튀겨서 먹어. 수프는 갈색 콩, 강낭콩, 감자로 만들거나 시판 치킨 수프, 채소 수프, 콩 수프를 사서 끓여. 갈색 콩은 빵을 포함해서 모든 음식에 다 들어가. 저녁 식사 때는 항상 가짜 육즙을 뿌린 감자, 그리고 다행히도 아직 남아 있는 비트 샐러드를 먹어. 그리고 만두가 있어. 우리는 관급품 밀가루와 물, 이스트로 만두를 만들어. 너무 끈끈하고 질겨서 배 속에 돌이 들어간 것 같지만!

하이라이트는 일주일에 한 조각씩 먹는 간 소시지랑 버터 없는 빵에 바르는 잼이야. 하지만 우리는 아직 살아 있고, 그런 식사도 대개는 맛이 괜찮아!

1944년 4월 11일, 화요일

키티에게

머리가 빙글빙글 돌아. 무슨 말로 시작해야 할지 모르겠어. 목요일(너한테 마지막으로 글을 썼을 때)에는 모든 게 평소와 똑같았어. 금요일 오후에는 모노폴리 게임을 했어. 토요일 오후도 그랬어. 하루하루가 빨리 지나갔어. 토요일 2시쯤에 맹렬한 폭격이 시작되었어. 남자들이 기관총 소리라고 말했어. 그것만 빼면 모든 게 고요했어.

일요일 저녁에는 페터르와 함께 본채 다락으로 갔는데, 나는 편하게 앉기 위해 내 방에 하나밖에 없는 쿠션을 가지고 갔어. 9시 15분에 판 단 씨가 휘파람을 불더니, 우리에게 뒤셀 씨 쿠션을 가지고 갔느냐고 물었어. 우리는 벌떡 일어나서 쿠션을 가지고 내려갔어. 고양이와 판 단 씨도 같이 갔지. 이 쿠션은 큰 고통의 원천이 되었어. 뒤셀 씨는 자기가 베개로 쓰는 하나뿐인 쿠션을 가지고 갔다고 화를 냈어. 또 거기 벼룩이 옮았을지도 모른다고. 그 사람은 쿠션 하나로 온 집안을 뒤집어 놓았어. 페터르하고 나는 복수하려고 그 사람 침대에 딱딱한 솔 두 개를 꽂아 놓았는데, 뒤셀 씨가 갑자기 자기 방에 가겠다고 해서 다시 빼냈지. 그리고 이 작은 막간극에 많이 웃었어.

하지만 그 즐거움은 오래가지 않았어. 9시 30분에 페터르가 조용히 문을 두드리더니 아빠에게 위층에 와서 자기 영어 공부를 도와 달라고 했어.

"수상한걸."

내가 마르고트에게 말했어.

"저건 핑계 같아. 남자들이 말하는 저 태도를 보면, 이건 건물에 도둑이 든 거야!"

내 말이 맞았어. 그 순간 도둑이 창고에 들어와 있었어. 아빠, 판 단 씨, 페터르는 바로 아래층으로 내려갔어. 마르고트, 엄마, 판 단 부인과 나는 기다렸어. 겁에 질린 여자 넷은 공포를 달래기 위해 두런두런 이야기를 했는데, 어느 순간 아래층에서 쿵 소리가 나더니, 그 후로 조용해졌어. 시계가 9시 45분을 가리켰어. 얼굴에서 핏기가 모두 사라졌지만, 우리는 두려움을 누르고 차분히 기다렸어. 남자들은 어디 있는 걸까? 저 쿵 소리는 뭐지? 도둑이랑 싸우는 걸까? 우리는 아무 생각도 하지 못하고, 그저 기다릴 수밖에 없었어.

10시에 계단에서 발소리가 났어. 아빠가 파리한 얼굴로 들어왔고, 판 단 씨가 따라 들어왔어.

"불 끄고 조용히 위층으로 가. 경찰이 올 거야!"

공포를 느낄 시간도 없었어. 우리는 불을 모두 끄고 (나는 재킷을 하나 집어 들었어) 위층에 가서 앉았어.

"무슨 일인지 말해 주세요!"

하지만 말해 줄 사람이 없었어. 남자들은 다시 아래층으로 내려갔으니까. 남자 넷은 10시 10분에야 돌아왔어. 그중 둘은 페터르 방의 열린 창가에서 망을 보았어. 그리고 계단 꼭대기의 비밀 문을 잠그고, 책장을 닫았지. 우리는 야간 등에 스웨터를 씌우고 어떻게 된 일인지 들었어.

페터르가 계단 꼭대기에 있다가 쿵 하는 소리를 두 번 들었어. 아래층에 가 보니 창고 문 왼쪽의 큼직한 널빤지 하나가 빠져 있었어. 그래서 위층에 와서 남자들을 불러 간 거야. 창고에 내려가 보니까 도둑들이 물건을 훔치고 있었어. 판 단 씨는 자기도 모르게 "경찰이다!" 하고 소리쳤어. 그러자 후다닥 소리와 함께 도둑들은 달아났지. 경찰이 알아채지 못하게 널빤지를 다시 문에 끼워 넣었는데, 잠시 후 밖에서 누가 그걸 뻥 차서 다시 바닥에 떨어뜨렸어. 남자들은 도둑의 대담함에 놀랐어. 페터르도 판 단 씨도 화를 주체할 수 없었어. 판 단 씨가 창고 바닥에 도끼를 쾅 내리찍자 다시 주변이 조용해졌어. 사람들은 널빤지를 다시 문에 끼우려고 했지만, 그러지 못했어. 밖에서 어떤 남자하고 여자가 구멍 안으로 손전등을 비추고, 창고 전체를 들여다본 거야.

"이게 대체……."

우리 쪽에서 누가 중얼거렸지만, 이제 처지가 바뀌었어. 경찰에서 도둑이 된 거야. 네 남자는 위층으로 달려갔어. 뒤셀 씨와 판 단 씨가 뒤셀 씨의 책들을 챙겨 들었고, 페터르는 주방과 별실의 문과 창문을 열고 전화기를 바닥에 던졌어. 그리고 모두 책장 안쪽으로 들어왔지.

손전등을 비추었던 남녀는 경찰에 알릴 가능성이 컸어. 그날은 일요일이고 부활절이었어. 사무실은 다음 날인 월요일까지 휴무라서 우리는 화요일 오전까지 꼼짝할 수 없었어.

생각해 봐. 그런 공포 속에 하루 낮, 이틀 밤을 보내야 한다는 걸! 우리는 아무 생각도 하지 못하고 칠흑 같은 어둠 속에 앉아 있었어. 판 단 부인은 무서워서 램프를 껐어. 우리는 숨죽여 말했고, 무슨 소리가 날 때마다 "쉬잇" 하고 경고했어.

10시 30분이 지나고 11시가 되었어. 아무 소리도 들리지 않았어. 아빠하고 판 단 씨가 차례로 위층의 우리에게 올라왔어. 그러다 11시 15분에 아래쪽에서 무슨 소리가 났어. 위층에는 사람들 숨소리까지 들릴 지경이었어. 그것 말고는 아무도 손가락 하나 까딱하지 않았어. 건물 안에 발소리가 났어. 그 소리는 별실, 주방을 거치더니…… 계단을 올라왔어.

우리는 숨소리도 죽였어. 여덟 개의 심장만 쿵쿵 울렸지. 계단의 발소리에 이어 책장이 덜컹거렸어. 그 순간은 뭐라고 설명할 수가 없어.

"이제 우리는 끝났어."

내가 말했고, 우리가 전부 그날 밤 게슈타포에게 끌려가는 모습이 눈앞에 떠올랐어.

책장이 두 번 더 흔들렸어. 그런 뒤 깡통 떨어지는 소리가 나더니 발소리가 멀어졌어. 위험이 일단 물러간 거야! 모두가 부르르 몸을 떨었고, 몇몇 사람은 이를 딱딱 부딪혔어. 아무도 입을 열지 않았어. 우리는 그렇게 11시 30분까지 있었어.

집 안에서는 이제 아무 소리도 나지 않았지만, 계단 꼭대기, 책장 앞에 불이 켜져 있었어. 경찰이 그걸 수상하다고 여긴 걸까? 아니면 그냥 깜박하고 간 걸까? 누가 다시 와서 그걸 끌까? 우리는 다시 말문이 열렸어.

건물 안에는 이제 아무도 없지만, 누가 밖을 지키고 있을 수도 있었어. 우리는 세 가지 일을 했어. 무슨 일이었는지 추측해 보기, 두려움에 떨기, 그리고 화장실 가기. 양동이들이 다락에 있어서, 우리가 가진 건 페터르의 금속 휴지통뿐이었어. 판 단 씨가 먼저 일을 보고, 다음에는 아빠였지만, 엄마는 부끄러워서 거절했어. 아빠가 휴지통을 옆방에 옮겨다 놓자, 마르고트, 판 단 부인, 내가 안도하며 사용했고, 엄마도 마침내 뒤를 따랐어. 여러 사람에게 종이가 필요했는데, 다행히 내 주머니에 약간 있었지.

휴지통에서 악취가 났고, 모든 이야기가 속삭임으로 이루어졌고, 우리는 지쳤어. 어느새 자정이었어.

"바닥에 누워서 잠을 자요!"

마르고트와 나는 베개와 담요를 하나씩 받았어. 마르고트는 찬장 옆에 누웠고, 나는 테이블 다리 사이에 들어가 누웠어. 바닥에 누우니 악취가 덜 느껴졌지만, 판 단 부인은 가루 표백제를 가져왔고, 추가로 요강 위에 행주도 덮어 놓았어.

대화, 속삭임, 공포, 악취, 방귀, 그리고 계속 화장실에 가는 사람들. 그런 상황에서 잠을 자려고 해 봐! 하지만 2시 30분이 되자 나는 너무 피곤해서 스르륵 잠이 들었고, 한동안 아무 소리도 듣지 못했어. 그러다 3시 30분에 판 단 부인이 내 발을 베고 눕자 잠이 깼지.

"입을 걸 좀 주세요!"

내가 말했어. 그래서 옷을 받았지만, 뭐였는지는 묻지 마. 파자마 위에 모직 바지, 빨간 스웨터와 검은 치마를 입고, 흰색 스타킹에 낡은 양말을 신었어.

판 단 부인이 다시 의자로 돌아가자, 판 단 씨가 내 발을 베고 누웠어. 나는 3시 30분부터 계속 생각에 잠겼고, 너무 심하게 떨어서 판 단 씨가 잠을 자지 못했어. 나는 경찰이 다시 오면 어떻게 해야 할지 생각했어. 그러면 그냥 우리가 은신 중이라고 말할 거야. 그들이 좋은 사람이면 큰 문제 없을 거고, 그들이 나치 동조자라면 뇌물을 시도해 볼 수 있어!

"라디오를 감춰야 돼요!"

판 단 부인이 말했어.

"맞아, 난로에 넣어야 돼요."

판 단 씨가 대답했어.

"우리를 찾으면, 라디오도 발견할지 모르니까!"

"그러면 안네의 일기도 발견할 거예요."

아빠가 덧붙여 말했어.

"그러면 태워요."

우리 중 가장 겁먹은 사람이 말했어.

그 순간이, 그리고 조금 전에 경찰이 책장을 흔들던 순간이 내가 가장 기겁한 순간이었어. 아, 내 일기는 안 돼. 일기가 사라지면 나도 사라지는 거야! 다행히 아빠는 거기 대꾸하지 않았어.

그 대화를 모두 적을 필요는 없어. 이미 많이 썼어. 나는 겁먹은 판 단 부인을 달랬어. 그리고 우리는 탈출, 게슈타포에게 심문받는 일, 클레이만 씨에게 전화하는 일, 용감하게 행동하는 일에 대해 이야기했어.

"우리는 군인 같은 정신을 가져야 해요, 판 단 부인. 때가 되면, 여왕과 나라를 위해, 자유와 진실과 정의를 위해 싸워야 해요. 라디오에서 늘 말하는 것처럼 말이죠. 하지만 안타까운 건 우리 때문에 다른 사람들도 화를 당할 거라는 거죠!"

한 시간 뒤에 판 단 씨가 다시 부인과 자리를 바꾸었고, 아빠가 내 옆에 와서 앉았어. 남자들은 담배 한 대를 나누어 피웠고, 이따금 한숨 소리가 들렸어.

사람들은 클레이만 씨에게 전화로 전할 내용을 하나하나 메모했어. 7시에 그분에게 전화해서 사람을 보내 달라고 하기로 했거든. 그건 큰 모험이었어. 문 앞이나 창고 안을 지키는 경찰이 전화 소리를 들을 수도 있었지만, 경찰이 돌아올 위험이 더 컸어.

나는 그 메모를 일기장에 끼워 넣겠지만, 확실히 알 수 있게 여기에도 적을게.

도둑이 듦. 경찰이 건물 안에 들어옴, 책장 앞까지 왔다 감. 도둑은 도망친 듯. 창고 문으로 들어와서 정원으로 도망침. 정문에는 빗장이 질려 있음. 쿠글러는 두 번째 문으로 나간 듯.

타자기와 계산기는 별실 검은 서랍장에 안전하게 보관됨.

미프와 베프의 빨래는 주방의 빨래 통에 있음.

두 번째 문의 열쇠는 베프하고 쿠글러한테만 있음. 자물쇠가 부서졌을지도 모름.

얀에게 알리고 열쇠를 받아서, 사무실을 둘러보고 고양이 밥도 주길.

모든 게 계획대로 되었어. 클레이만 씨에게 전화를 했고, 문에서 빗장을 뺐고, 타자기를 제자리에 돌려놓았고, 모두 다시 테이블에 둘러앉아서 얀 또는 경찰을 기다렸어.

페터르는 졸음에 빠졌고, 판 단 씨와 내가 바닥에 누워 있는데 아래쪽에서 발소리가 났어. 나는 조용히 일어났어.

"얀이에요!"

"아냐, 경찰이야!"

사람들이 모두 말했어.

누가 책장을 노크했고, 미프가 휘파람을 불었어. 창백한 얼굴로 의자에 늘어져 있는 판 단 부인은 그 긴장을 감당할 수 없었어. 그 상황이 일 분만 더 이어졌어도, 아줌마는 기절했을 거야.

얀과 미프가 들어와서 대단한 풍경을 목격했지. 사진으로 찍을 만한 건 테이블뿐이었을 거야. 잼과 펙틴이 묻은 《영화와 연극》 잡지가 춤추는 소녀들 사진을 펼친 채 놓여 있었어. 우리는 설사병 때문에 펙틴을 먹고 있었거든. 그리고 잼 2병, 롤빵 조각, 펙틴, 거울, 빗, 성냥, 재, 담배, 재떨이, 책, 팬티 한 벌, 손전등, 판 단 부인의 빗, 화장지 등.

사람들은 환호와 눈물로 얀과 미프를 맞았어. 얀은 문에 난 구멍을 송판으로 막고, 미프하고 나가서 경찰에 도둑이 들었다고 신고했어. 미프가 창고 문 밑에서 쪽지를 발견했어. 야경꾼 슬레허스가 문에 구멍이 뚫린 걸 보고 경찰에 알렸다는 내용이었어. 얀은 슬레허스도 만나겠다고 했어.

우리는 30분 동안 집 안은 물론 우리 자신을 정돈해야 했어. 30분 동안 그렇게 큰 변화가 일어나는 건 평생 처음 보았어. 마르고트하고 나는 아래층 침대들을 정돈하고, 욕실에 가서 이를 닦고 세수를 하고 머리를 빗었어. 그런 다음 나는 방을 약간 치우고 다시 위층으로 갔어. 테이블

이 이미 깨끗하게 치워져서 물을 가져다 커피와 차를 끓이고 우유를 데웠어. 아빠와 페터르가 임시 요강들을 비우고 온수와 표백제로 헹궜어. 제일 큰 요강은 거의 가득 차 있어서 엄청 무거웠고, 두 사람은 그걸 드느라 아주 고생했어. 거기다 새기까지 해서 양동이 안에 넣어서 옮겨야 했지.

11시에 얀이 돌아와서 테이블에 앉았고, 사람들은 천천히 긴장을 풀었어. 얀은 다음의 이야기를 해 주었어.

슬레허스 씨가 자고 있어서, 얀은 그 아내분과 이야기를 했대. 슬레허스 씨가 밤에 순찰을 돌다가 문에 구멍이 뚫린 걸 보고, 경찰에 연락을 해서, 경찰 두 명이 건물을 수색했대. 슬레허스 씨는 야경꾼이라서 매일 밤 자전거를 타고 개 두 마리와 함께 일대를 순찰해. 슬레허스 부인은 남편이 화요일에 쿠글러 씨를 만나서 자세히 이야기할 거라고 말했어. 경찰서에 갔더니 아무도 지난밤의 사건을 모르는 것 같았지만, 화요일 오전에 바로 와서 살펴보겠다고 했대.

돌아오는 길에 얀은 우리에게 감자를 대 주는 판 후번 씨를 만나서 간밤의 사건을 말해 주었어. 그랬더니 판 후번 씨는 침착하게 대답했어.

"알아요. 어젯밤에 아내하고 같이 그 건물 앞을 지나가는데, 문에 구멍이 뚫려 있더라고요. 아내는 그냥 가자고 했지만, 나는 손전등으로 안을 비춰 보았는데, 그때 도둑들이 달아난 것 같았어요. 혹시 몰라서 경찰에는 연락하지 않았어요. 그곳 사정상 그건 현명하지 않은 것 같아서요. 아무것도 모르지만 그냥 느낌이 그래요."

얀은 고맙다고 말하고 그와 헤어졌어. 판 후번 씨는 우리가 여기 숨어 산다는 낌새를 챈 것 같아. 그분은 항상 점심 시간에 감자를 배달하거든. 좋은 분이야!

우리 중에 그날 밤처럼 위험한 상황을 겪었던 사람은 없었어. 하느님이 정말로 우리를 굽어살피셨던 거야. 생각해 봐. 경찰이 책장 앞까지 오고 불까지 켰는데, 은신처를 못 찾았어!

"우리는 끝났어!"

그 순간 나는 속삭였지만, 우리는 다시 한번 위험을 피했어. 반격이 일어나서 폭탄이 떨어지기 시작하면, 각자 살길을 찾아야 하겠지만, 이번에 우리는 우리를 도와주는 착한 기독교인들을 걱정했어.

"정말 행운이었어! 이 행운이 이어지기를!"

우리가 할 수 있는 말은 그게 다였어.

이 사건은 우리에게 큰 변화를 일으켰어. 뒤셀 씨는 이제 욕실에서 일을 할 거고, 페터르는 8시 30분에서 9시 30분 사이에 건물을 순찰하기로 했어. 페터르는 이제 창문을 열 수 없게 되었어. 케흐 사 직원 한 명이 창문이 열린 걸 알아챘대. 우리는 이제 밤 9시 30분 이후에는 화장실 물도 못 내려. 슬레허스 씨는 야경꾼으로 일했고, 오늘 밤은 지하 조직의 목수가 와서 우리가 프랑크푸르트에서 가져온 흰색 침대 틀로 바리케이드를 만들어 주기로 했어. 은신처에서는 많은 토론이 벌어졌고, 쿠글러 씨는 우리의 부주의를 질책했어. 얀도 우리에게 아래층에 내려가지 말라고 했어. 이제 우리 할 일은 슬레허스 씨가 믿을 만한 사람인지, 그 개들이 사람의 기척을 알아차리면 짖을 것인지, 바리케이드는 어떻게 만들어야 하는지 등을 알아내는 거였어.

우리는 우리가 사슬에 묶인 유대인이라는 것, 권리는 없고 의무는 천 가지라는 사실을 다시 마음에 강하게 새겼어. 감정은 넣어 둬야 해. 우리는 용기와 정신력을 발휘해야 하고, 모든 불편을 말없이 견디고, 능력이 닿는 한에서 최선을 다하고, 하느님을 믿어야 돼. 이 끔찍한 전쟁은 언젠가 끝날 거야. 우리가 유대인이면서 다시 사람이 되는 날이 꼭 올 거야!

도대체 누가 우리에게 이런 일을 저지르는 걸까? 누가 우리를 다른 사람들과 구별하는 걸까? 누가 우리에게 이런 고통을 안겨 주는 걸까? 우리를 이렇게 만든 건 하느님이지만, 우리를 다시 들어 올리실 분도 하느님이야. 세상의 눈으로 보면 우리는 끝이 정해진 운명이지만, 이 모든 고통이 끝난 뒤에도 유대인이 남아 있다면, 그들은 세상의 모범이 될 거야. 어쩌면 우리 종교가 온 세상에 선량함에 대해 가르칠 수 있을지도 모르고, 아마 그게 우리가 고통을 겪는 이유…… 유일한 이유일 거야. 우리는 그냥 네덜란드인이나 영국인이 될 수는 없어. 우리는 그러면서도 항상 유대인이니까. 우리는 항상 유대인이어야 하고, 또 그러기를 원할 거야.

용기를 잃지 마! 우리의 의무를 기억하고 불평 없이 그것을 수행해. 탈출구가 있을 거야. 하느님은 우리 민족을 저버린 적이 없어. 유대인은 오랜 세월 동안 수많은 고통을 겪었지만 다 이기고 살아남았고, 시련의 세월을 통해서 더 강해졌어. 약한 사람들은 쓰러져도, 강한 사람들은 살아남아서 승리할 거야!

그날 밤 나는 내가 정말 죽을 줄 알았어. 경찰을 기다렸고, 전쟁터의 군인처럼 죽음을 맞을 각오를 했지.

하지만 이제 위기를 넘겼으니 전쟁이 끝난 뒤 내 첫 번째 소원은 네덜란드 시민이 되는 거야. 나는 네덜란드가 좋아. 이 나라도 좋고, 이 언어도 좋고, 여기서 일하고 싶어. 여왕에게 편지를 써야 한다 해도, 목표를 이룰 때까지 포기하지 않을 거야!

1944년 4월 25일, 화요일

키티에게

지난 열흘 동안 뒤셀 씨는 판 단 씨와 말을 하지 않았는데, 그건 도둑 사건 이후 새로 만든 보안 규칙 때문이야. 그 규칙에 따르면 뒤셀 씨는 이제 저녁때 아래층에 내려가면 안 돼. 페터르와 판 단 씨가 매일 밤 9시 30분에 마지막 순찰을 돌면, 그 뒤로는 아무도 아래층에 못 가. 우리는 밤 8시 이후 또는 아침 8시 이후로 변기 물도 못 내려. 창문은 쿠글러 씨의 방에 불을 켜는 오전에만 열 수 있고, 밤에는 열면 안 돼. 이 마지막 규칙 때문에 뒤셀 씨가 화가 난 거야. 그분은 바람을 못 쐬느니 끼니를 거르는 게 낫다고, 어떻게든 창문을 열어 둘 방법을 찾아야 한다고 말해.

그는 또 이제 토요일 오후나 일요일에 쿠글러 씨의 방에 가는 것도 금지되었어. 옆 건물의 케흐 사 직원이 혹시 나와 있으면 소리를 들을지도 모르니까. 하지만 뒤셀 씨는 그러건 말건 거기 갔어. 판 단 씨는 불같이 화를 냈고, 아빠가 뒤셀 씨와 이야기를 하려고 갔어. 그 사람은 어설픈 핑계를 댔지만, 이번에는 아빠도 속지 않았어. 이제 아빠도 뒤셀 씨하고 접촉을 최소화하려고 하고 있어. 뒤셀 씨가 아빠를 모욕했거든. 그가 뭐라고 했는지 아무도 모르지만, 어이없는 말이었을 게 분명해.

그런데 그 어이없는 사람의 생일이 다음 주야. 삐쳐 있는 사람의 생일을 챙길 수 있니? 말도 안 하는 사람들에게서 어떻게 선물을 받아?

1944년 5월 22일, 월요일

키티에게

5월 20일에 아빠가 내기에서 져서 판 단 부인에게 요거트 5병을 주었어. 반격이 아직 시작되지 않았거든. 아마 암스테르담 전체, 네덜란드 전체, 아니 스페인까지 포함해서 유럽 서부 해안 전체가 밤낮없이 반격을 이야기하고 토론하고 거기 내기를 걸고…… 희망하고 있을 거야.

그 긴장은 엄청난 흥분을 일으키고 있어. 우리가 '좋은' 네덜란드인이라고 생각하는 모든 사람이 영국을 믿는 건 아니야. 모든 사람이 영국의 계속되는 허풍이 뛰어난 전략이라고 생각하지는 않아. 그들은 행동, 위대하고 영웅적인 행동을 원해.

사람들은 자기 앞만 봐. 영국은 자기 나라와 국민을 위해 싸운다는 걸 잊고, 그들한테 네덜란드를 최대한 빨리 구해 줄 의무가 있는 것처럼 생각해. 영국이 우리한테 무슨 의무가 있어? 네덜란드가 이렇게 바라는 그 도움을 받을 만한 어떤 일을 했어? 아냐, 네덜란드인들은 크게 착각하고 있어. 영국은 아무리 허풍만 떤다고 해도, 지금 독일에 점령당한 여러 나라들보다 이 전쟁에서 특별히 더 잘못한 게 없어. 영국은 변명을 하지는 않을 거야. 물론 독일이 재무장할 때 그들이 잠을 자고 있던 건 맞지만, 다른 나라들, 특히 독일과 국경을 맞댄 나라들도 자고 있었어. 영국뿐 아니라 온 세상이 모래에 고개를 묻어 봐야 소용이 없다는 걸 깨달았고, 이제 모두가 (특히 영국이) 그런 타조 같은 행동의 대가를 값비싸게 치르고 있어.

어떤 나라도 이유 없이 국민을 희생시키지 않고, 다른 나라를 위해서 그러는 일은 결코 없어. 영국도 마찬가지야. 반격, 해방, 자유는 언젠가 이루어질 거야. 하지만 그 시기를 선택하는 건 점령지인 네덜란드가 아니라 영국이야.

우리로서는 슬프고 절망스러운 일이지만, 많은 사람이 유대인에 대한 생각을 바꿨다고 해. 전에는 생각할 수도 없던 집단들에서 유대인에 반대하는 움직임이 일고 있다고. 이 소식은 우리에게 큰 충격을 주었어. 미움의 이유는 이해할 수 있고, 심지어 인간적이기도 하지만, 그렇다고 그게 옳은 건 아냐. 기독교인들은 유대인이 자기들 비밀을 독일에 누설하고, 협력자들을 고발하고, 그들을 (이미 수많은 이들이 걸어간) 끔찍한 운명으로 내몰고 있다고 말해. 그건 다 사실이야. 하지만 모든 일이 그렇듯 이 일도 양쪽 입장에서 봐야 돼. 기독교인들이 우리 위치라면 다르게 행동할까? 기독교인이건 유대인이건 누가 독일의 강압 아래 침묵을 지킬 수 있겠어. 그게 불가능하다는 건 모두가 알아. 그런데 왜 유대인에게는 불가능한 걸 요구하는 거지?

지하 조직에 떠도는 말에 따르면, 전쟁 전에 네덜란드로 이주했다가 지금 폴란드에 강제 수용된 독일계 유대인들은 여기 돌아올 수 없을 거야. 그들은 네덜란드에 살 수 있는 '비호권'이라는 권리가 있지만, 히틀러가 무너지면 독일로 돌아가야 한대.

그런 말을 들으면 왜 우리가 이 길고 힘든 전쟁을 하는 건지 의문이 들어. 사람들은 항상 자신들이 자유, 진실, 정의를 위해 싸운다고 말해! 그런데 전쟁은 끝나지도 않았는데 벌써 불화가 생겨나고, 유대인은 열등한 존재로 여겨지고 있어. 아, 옛말이 옳다는 걸 다시 한번 확인하게 돼서 너무 슬퍼.

"기독교인이 잘못하면 그 사람의 책임이지만, 유대인이 잘못하면 모든 유대인의 책임이다."

솔직히 나는 선량하고 정직하고 올바른 사람들의 나라인 네덜란드가 어떻게 이렇게 우리를 비난하는지 이해가 안 돼. 세상에서 가장 억압받고 불행하고 처량한 사람들을.

내 희망은 한 가지뿐이야. 유대인에 대한 반감은 일시적인 현상이고, 네덜란드가 진정한 모습을 보여 주는 것. 그러니까 그들이 아는 정의를 외면하지 않는 것. 이건 불의한 일이니까!

하지만 만약 그들이 이 끔찍한 소문을 실행에 옮기면, 아직 네덜란드에 남아 있는 소수의 유대인도 떠나야 할 거야. 우리도 봇짐을 챙겨 들고 이 아름다운 나라에서 발길을 돌려야 할 거야. 한때 친절하게 우리를 받아 주었지만, 이제 우리에게서 등을 돌리는 이 나라를.

나는 네덜란드를 사랑해. 한때 나는 이곳이 내 조국이 되기를 희망했어. 애초의 조국은 잃어버렸으니까. 그리고 그 희망은 아직도 남아 있어!

1944년 5월 25일, 목요일

키티에게

매일같이 무슨 일인가 일어나. 오늘 아침에는 판 후번 씨가 체포되었어.

그분은 집에 유대인 두 명을 숨겨 주고 있었어. 우리는 충격을 받았어. 불쌍한 유대인들이 다시 한번 끔찍한 운명을 맞을 일도 그렇지만, 판 후번 씨의 처지도 너무 안타까워서.

세상은 완전히 거꾸로가 되었어. 가장 훌륭한 사람들이 강제 수용소, 감옥, 독방에 갇히고, 가장 비겁한 자들이 권좌에 있어. 어떤 사람은 암시장에서 거래를 하다가 잡히고, 어떤 사람은 유대인이나 다른 불쌍한 사람들을 숨겨 주다가 잡혀. 나치가 아니라면, 사람들은 하루하루 자신에게 무슨 일이 생길지 몰라.

판 후번 씨가 잡힌 것은 우리에게도 타격이 커. 베프는 그렇게 많은 감자를 여기까지 가지고 올 수 없고, 그런 일을 부탁할 수도 없어. 그래서 우리가 선택할 수 있는 길은 덜 먹는 것뿐이야. 우리의 계획이 어떤지 말해 줄게. 그렇게 즐거운 일은 아니야. 엄마가 이제 우리는 아침을 건너뛰고, 점심에는 뜨거운 시리얼과 빵을 먹고, 저녁에는 튀긴 감자를, 그리고 가능하면 일주일에 한두 번 채소나 상추를 먹을 거라고 말했어. 다른 건 없어. 우리는 배가 고프겠지만, 잡히는 것보다 나쁜 건 없어.

1944년 5월 26일, 금요일

키티에게

드디어, 아주 오랜만에, 깨진 창틀 앞의 내 테이블에 조용히 앉아서 너에게 하고 싶은 말을 전부 쓸 수 있게 됐어.

나는 지금 몇 달 만에 가장 비참한 기분을 느끼고 있어. 도둑 사건 이후에도 나는 겉으로도 속으로도 그렇게 완전히 무너지지는 않았어. 한편으로는 판 후번 씨 소식, 유대인 문제(이곳의 모든 사람이 자세히 논의하는), 반격(너무도 오래도록 기다리고 있는), 형편없는 식사, 긴장, 참담한 분위기, 페터르에 대한 실망이 있어. 하지만 반대로 베프의 약혼, 오순절 잔치, 꽃, 쿠글러 씨 생일, 케이크, 그리고 카바레, 영화, 음악회 이야기도 있어. 그 엄청난 격차는 변함이 없어. 어느 날 우리는 은신 생활의 희극적인 면에 웃고, 다음 날은 (그런 날은 아주 많은데) 겁에 질려서 온 얼굴에 두려움, 긴장, 절망을 내보이지.

미프와 쿠글러 씨는 은신처의 모든 사람을 위해 가장 고생하고 있어. 미프는 온갖 자질구레한 일을 다 하고, 쿠글러 씨는 우리 여덟 명에 대한 막대한 책임을 지고 있지. 그 책임으로 인한 불안과 긴장이 너무 커서 그는 말도 제대로 하지 못해. 클레이만 씨와 베프도 많은 도움을 주지만, 그들은 몇 시간, 며칠 정도는 별채 생각을 안 할 수도 있어. 그들도 각자의 고민이 있어. 클레이만 씨는 건강이 좋지 않고, 베프는 약혼 문제가 있어. 베프의 약혼은 그렇게 앞날이 밝아 보이지 않거든. 하지만 그들은 나들이도 가고, 친구들 집에도 가고, 평범한 사람들로 살기 때문에, 잠깐씩이라도 긴장을 풀 수 있어. 하지만 우리는 여기 있는 2년 동안 한 번도 그럴 수 없었어. 갈수록 더 답답하고 참기 어려워지는 이 족쇄는 언제까지 우리를 옥죄고 있을까?

배수관이 다시 막혔어. 수돗물을 틀 수 없고, 틀어도 아주 쫄쫄거리며 나와. 변기 물도 내릴 수 없어서 솔을 써야 돼. 구정물은 큰 질그릇에 담아 두고 있어. 오늘은 버틸 수 있지만, 배관공이 못 고치면 어떻게 해야 하지? 시청 환경과 사람들은 화요일에나 와.

미프가 '즐거운 오순절'이라는 글자를 새긴 건포도 빵을 보냈어. 거의 놀리는 것 같았어. 우리 기분은 '즐거운' 것과 거리가 머니까.

판 후번 씨 사건 이후 우리는 더 소심해졌어. 다시 사방에서 "쉬잇" 소리가 나고, 모든 일을 더 조용히 하고 있어. 경찰이 그 집 문을 따고 들어갔으니, 이곳의 문도 쉽게 딸 수 있을 거야! 만약 우리가…… 아니,

그런 말은 하면 안 돼. 하지만 오늘은 그 질문을 머리에서 쫓아낼 수 없을 거야. 반대로 지금껏 느낀 모든 공포가 내 앞에 거대하게 서 있어.

오늘 저녁 8시에 나는 아래층 욕실에 혼자 내려갔어. 모두 라디오를 듣고 있어서 거기는 아무도 없었지. 겁먹지 않으려고 했지만 힘들었어. 나는 전부터 그 크고 조용한 집의 아래층보다 위층이 안전하게 느껴졌어. 거기 혼자 있으면서 위층의 숨죽인 소리와 도로의 자동차 경적 소리를 들으면, 우리 처지가 되새겨지면서 몸이 부르르 떨려서 얼른 돌아와야 해.

미프는 아빠하고 대화를 하고 나서 우리에게 훨씬 다정해졌어. 하지만 그 이야기는 아직 너한테 안 했네. 미프가 어느 날 상기된 얼굴로 와서 아빠한테 단도직입적으로 물었어. 우리가 자기네도 유대인에 대한 세간의 반감에 물들었다고 생각하느냐고. 아빠는 깜짝 놀라서 아니라고 했지만, 미프의 의심은 남아 있었어. 그들은 우리를 위해 전보다 더 많은 일을 하고, 우리 어려움에 더 신경을 쓰고 있어. 우리의 고충으로 그들을 괴롭히면 안 돼. 그들은 너무도 착하고 고결한 사람들이야!

나는 그동안 '우리가 은신 생활을 시작하지 않는 게 더 좋았을까? 우리가 이미 죽어서 이런 고통을 겪지 않는 게 나았을까?' 하는 질문을 수도 없이 했어. 그러면 특히 다른 사람들에게 이런 부담을 지울 필요가 없었을 테니까. 하지만 우리는 이런 생각은 피하려고 해. 우리는 모두 삶을 사랑하고, 자연의 목소리를 잊지 않았고, 여전히…… 모든 것을 희망하고 있어.

얼른 무슨 일이 일어났으면 좋겠어. 공습이라도 좋아. 이런 불안만큼 마음을 짓누르는 건 없어. 아무리 잔인해도 어서 끝이 왔으면 좋겠어. 그러면 적어도 우리가 승리할지 패배할지는 알 테니까.

1944년 6월 6일, 화요일

키티에게

"오늘이 디데이입니다."

12시에 BBC가 알렸어.

반격이 시작되었어!

독일 뉴스에 따르면, 영국 낙하산 부대가 프랑스 해안에 강하했어. 그리고 BBC는 "영국 상륙정이 독일 해군 부대와 교전에 들어갔다."라고 보도했어.

별채 사람들은 9시에 아침 식사를 하면서 이것은 2년 전 디에프에서 한 것 같은 시험 상륙 작전이라고 결론을 내렸어.

BBC는 10시에 독일어, 네덜란드어, 프랑스어 등의 각종 언어로 반격이 시작되었다고 방송했어! 그러니까 이건 '진짜' 반격이야. BBC는 11시에 독일어로 방송을 했어. 최고 사령관 드와이트 아이젠하워의 연설이었지.

BBC 영어 방송 : "오늘이 그날입니다." 아이젠하워 장군이 프랑스인에게 말했어. "이제 치열한 전투가 이어지겠지만 그 뒤에는 승리가 찾아올 것입니다. 1944년은 완전한 승리의 해입니다. 행운을 빕니다!"

BBC 1시 영어 방송 : 1만 1천 대의 비행기가 출격했거나 병력 수송과 적진 폭격을 위해 대기하고 있대. 4천 대의 상륙정과 소형 보트가 셰르부르와 르아브르 사이로 계속 들어오고 있어. 영국군과 미국군은 이미 치열한 전투에 들어갔어. 헤르브란디, 벨기에 총리, 노르웨이의 하콘 국왕, 프랑스의 드골, 영국 국왕, 마지막으로 처칠의 연설이 나왔어.

별채는 난리가 났어! 그토록 기다린 해방이 드디어 시작되는 건가? 그렇게 수도 없이 이야기한 해방, 꿈만 같고, 너무도 동화 같아서 실현될 수 없을 것 같은 해방이? 1944년은 우리에게 승리를 가져다줄까? 아직은 몰라. 하지만 희망이 있는 곳에 생명이 있어. 희망은 우리에게 새로운 용기를 주고, 우리를 다시 강하게 해. 우리는 용기를 갖고, 아직도 남아 있는 많은 두려움과 고난과 고통을 이겨야 해. 이제는 평정심을 유지하면서 이를 악물고 악착같이 견뎌야 해! 프랑스, 러시아, 이탈리아, 심지어 독일까지 고통의 비명을 지를 수 있지만, 우리는 아직 그럴 권리가 없어!

아, 키티, 반격의 가장 좋은 점은 친구들을 다시 만날 것 같은 느낌이 든다는 거야. 너무도 오랫동안 독일의 억압과 협박 속에 살다 보니, 친구들과 해방을 생각하는 것만으로도 세상을 다 얻은 것 같아! 이 일에는 유대인뿐 아니라 네덜란드를 포함한 유럽 모든 점령지의 운명이 걸려 있어. 마르고트는 내가 어쩌면 10월이나 9월이면 다시 학교에 갈 수 있을지 모른대.

내 목소리를 세상에 전할 거야. 세상에 나가서 인류를 위해 일할 거야!

이제 나는 가장 필요한 게 용기와 희망이라는 걸 알아!

우리는 얼마든지 큰 행복을 소망할 수 있지만……

그건 획득해야 하는 거야.

편안한 도피를 통해서는 그걸 성취할 수 없어.

사람의 성격을 만드는 건 결국 자기 자신이야.

거기에 더해서 나는 인생에 아주 용감하게 맞서.

나는 정신력도 강하고, 무거운 짐을 감당할 능력이 있고,

어리고 자유로워!

우리는 모두 행복을 찾고 있어

홀로서기 : 자아 정체성과 인생관

1944년 3월 7일, 화요일

키티에게

1942년의 내 인생을 생각하면, 모든 게 너무 비현실적으로 느껴져. 세상 부러울 게 없던 시절의 안네 프랑크는 이 좁은 집에서 철이 들어 버린 사람하고는 완전히 달랐어. 그래, 그때는 세상 부러울 게 없었어. 동네마다 내 팬이 다섯 명씩 있고, 친구는 스무 명가량 되고, 선생님들에게 사랑받고, 아빠와 엄마는 나에게 사탕도 주고 용돈도 넉넉히 주었어. 그 이상 뭘 더 바랄 수 있겠어?

너는 내가 어떻게 그렇게 많은 사람의 사랑을 받았는지 궁금할지도 몰라. 페터르는 내가 '매력적'이라서 그렇다고 하지만, 그게 다가 아니야. 선생님들은 내 야무진 대답과 재치 있는 말솜씨, 생글생글 웃는 얼굴, 비판 정신을 좋아했어. 나는 그게 다였어. 붙임성 있고 애교 많고 재미있는 아이. 내가 가진 몇 가지 장점 때문에 나는 모든 사람의 호감을 살 수 있었어. 나는 열심히 공부했고, 솔직하고, 너그러웠어. 누가 내 시험 답안지를 훔쳐보려고 해도 거절하지 않았을 거야. 나는 사탕도 많이 나누어 주었고, 잘난 척하지 않았어.

그런 칭찬 때문에 내가 자신감이 과다해질 수도 있었을까? 내가 영광의 꼭대기에서 현실로 내동댕이쳐진 건 좋은 일이야. 내가 칭찬받지 않는 생활에 익숙해지는 데 일 년도 더 걸렸어.

학교에서 나는 어떻게 보였을까? 나는 우리 반의 코미디언이자 분위기 메이커였고, 우울한 모습도 우는 모습도 보인 적이 없었어. 모두 나랑 같이 자전거를 타고 등교하고 싶어 하고, 내 부탁을 들어주고 싶어 한 게 이상한 일이었을까?

돌아보면 나는 유쾌하고 재미있지만 얄팍한 아이, 지금의 나와 완전히 동떨어진 아이였어. 페터르 베셀이 나에 대해 한 말이 있어. "너를 보면 항상 여학생들에 둘러싸여 있고, 남학생도 두 명 이상 있었어. 너는 언제나 웃고 있고, 언제나 관심을 독점했어!" 그 말이 맞았어.

그 안네 프랑크에서 지금 무엇이 남았을까? 그렇다고 내가 웃는 법이나 재치 있는 말솜씨를 잊은 건 아냐. 아직도 마음만 먹으면 사람들을 놀리고, 애교 떨고, 재미있게 굴 수 있어. 어쩌면 더 잘할지도 몰라.

하지만 함정이 있어. 나는 하룻밤 정도, 아니 며칠에서 일주일 정도는 아무 생각 없이 즐겁게 지내고 싶어. 하지만 그 일주일이 지나면 지칠 거고, 그럴 때 의미 있는 말을 해 주는 사람에게 몹시 고마워할 거야. 나한테 필요한 건 친구지 팬이 아냐. 내 방글거리는 미소가 아니라 내 인격과 행동으로 나를 칭찬하는 사람. 내 인간관계의 폭은 훨씬 줄어들겠지만, 그 사람들이 진정하다면 무슨 상관이겠어?

그렇게 부러울 게 없는 상태에서도 1942년의 나는 아주 행복하지는 않았어. 버려진 느낌을 자주 받았지만, 하루 종일 바빠서 그 일을 생각해 보지 않았어. 나는 열심히 놀면서, 스스로 의식을 했건 안 했건 그 허전함을 농담으로 채우려고 했지.

이제 내 인생의 그 시절은 완전히 막을 내린 것 같아. 근심 걱정 없는 학창 시절은 영원히 사라졌어. 아쉽지도 않아. 이제 그럴 나이는 지났어. 더 이상 시시덕거리기만 하면서 살 수는 없어. 내게는 옛날부터 진지한 면이 있으니까.

나는 1944년이 될 때까지의 내 인생을 강력 확대경을 들고 보듯 살펴보았어. 집에서 살던 시절 내 인생에는 햇살이 가득했어. 그러다가 1942년 여름에 갑자기 모든 것이 바뀌었지. 끝없는 싸움, 비난…… 나는 그 모든 걸 받아들일 수 없었어. 그런 예상치 못한 상황에서 내가 쓰러지지 않을 방법은 말대답하는 것뿐이었어.

1943년 상반기에는 많이 울고 외로워하고, 그러다가 내 잘못과 단점들을 천천히 깨달았어. 내 단점은 실제로도 많았고, 겉보기로는 더 많았어. 나는 하루를 수다로 채웠고, 아빠를 내 곁에 더 가까이 끌어당기려다가 실패했어. 그래서 이제 질책을 듣지 않기 위해 스스로 나를 발전시켜야 하는 어려운 과제에 직면했어. 그 질책들은 너무 힘들었거든.

1943년의 하반기는 약간 좋아졌어. 나는 열네 살이 되었고, 좀 더 어른으로 대접받았어. 나는 많은 일들을 생각하면서 동화를 쓰기 시작했고, 마침내 다른 사람들은 이제 나와 관계가 없다는 결론을 얻었어. 그들은 나를 시계추처럼 흔들 권리가 없었어. 나는 내 방식으로 나를 변화시키고 싶었어. 나는 엄마가 없어도 아무 문제 없다는 걸 깨달았고, 그건 마음 아팠어. 하지만 그보다 훨씬 더 큰일은 이제 아빠에게 속마음을 털어놓을 수 없다는 거였어. 나는 나 자신밖에 믿을 사람이 없었어.

새해 첫날이 지나고 두 번째 큰 변화가 있었어. 나는 꿈을 꾸고서 내가…… 남자를 원한다는 걸 깨달았어. 여자 친구가 아니라 남자 친구를. 그리고 내 가볍고 떠들썩한 겉모습 속에 내적 행복이 있는 것도 발견했어. 나는 이따금 조용해졌어. 이제 나는 오직 페터르를 위해 살아. 내 미래의 일은 거의 그에게 달려 있어!

밤에 "하느님, 이 세상의 좋고 사랑스럽고 아름다운 모든 것에 감사드립니다."라고 기도하고 침대에 누우면, 마음속에 기쁨이 가득 차올라. 나치를 피해 은신한 것, 내 건강, 내 모든 존재는 '좋은 것'이야. 페터르와의 사랑(아직은 낯설고 연약해서, 우리 둘 다 아무 말 못 하지만), 미래, 행복, 사랑은 '사랑스러운 것'이야. 이 세상, 자연, 만물의 아름다움, 그 모든 광채는 '아름다운 것'이지.

그런 순간들에 나는 세상의 고통을 생각하지 않고 아직 남아 있는 아름다움을 생각해. 이게 엄마와 내가 다른 점이야. 우울과 맞부딪쳤을 때 엄마의 조언은 "고통받는 수많은 사람을 생각하고 네가 그들과 한 무리가 아니라는 데 감사하라."라는 거야. 내 조언은 "밖에 나가, 시골에

가. 햇빛과 자연을 누려. 밖에 나가서 자기 안에 있는 행복을 찾아. 자기 안에도 있고, 주변 모든 것에도 깃들인 아름다움을 생각해." 하는 거야.

엄마의 조언은 잘못됐다고 생각해. 우리가 그 고통받는 사람들과 한 무리가 되면 어떻게 해야 하는 거야? 그러면 아무것도 할 수 없어. 하지만 불행 속에도 아름다움은 있어. 눈을 돌려 보면 더 많은 행복을 찾고, 균형을 되찾을 수 있어. 행복한 사람은 다른 사람도 행복하게 만들어. 용기와 믿음이 있는 사람은 불행 속에 죽지 않아!

1944년 4월 11일, 화요일

키티에게

나는 부모님에게서 점점 벗어나서 독립심이 강해지고 있어. 나는 아직 어리지만 엄마보다 인생 앞에 더 용감하고 정의감도 더 투철해. 내가 뭘 원하는지 알고, 분명한 목표가 있고, 내 의견이 있고, 종교와 사랑이 있어. 나 자신으로 살 수만 있다면 나는 만족해. 나는 내가 여자라는 것, 내면의 힘과 용기가 있는 여자라는 걸 알아!

하느님이 내게 삶을 허락하면, 나는 엄마보다 더 많은 걸 이룰 거야. 내 목소리를 세상에 전할 거야. 세상에 나가서 인류를 위해 일할 거야!

이제 나는 가장 필요한 게 용기와 행복이라는 걸 알아!

1944년 5월 5일, 금요일

키티에게

아빠가 나한테 불만이 있어. 일요일 대화 이후, 아빠는 이제 내가 매일 밤 페터르를 만나러 위층에 가는 일을 그만둘 줄 알았대. 아빠는 우리가 "연애질 하는 꼴"을 두고 볼 수가 없대. 나는 그 말이 너무 싫어. 그런 이야기를 하는 것만으로도 괴로웠어. 왜 아빠는 나를 괴롭게 만드는 거지? 그래서 나는 오늘 아빠하고 이야기할 거야. 마르고트가 좋은 조언을 해 줬어.

나는 이렇게 말할 거야.

아빠가 제 설명을 바라실 것 같아서 설명해 드릴게요. 아빠는 제게 실망하셨어요. 제가 좀 더 자제력을 갖기를 원했고, 당연히 제가 열네 살짜리처럼 행동하기를 바라시겠죠. 하지만 그건 틀린 생각이에요!

우리가 여기 온 1942년 7월부터 몇 주 전까지 저는 한 번도 편한 적이 없었어요. 제가 밤마다 얼마나 울었는지, 얼마나 우울했는지, 얼마나 외로웠는지 아신다면, 제가 위층에 올라가고 싶은 마음도 이해하실 거예요! 저는 이제 엄마뿐 아니라 다른 누구의 지원도 필요 없는 상태가 됐어요. 이 일은 하룻밤에 일어나지 않았어요. 저는 많은 노력을 하고, 많은 눈물을 흘려서 지금 같은 독립심을 갖게 됐어요. 아빠는 웃으며 말도 안 된다고 하시겠지만 상관없어요. 저는 독립적인 인간이고, 제 행동을 아빠한테 설명해야 한다고 생각하지 않아요. 이런 말을 하는 건 제가 아빠를 속인다고 생각하시지 말기를 바라서일 뿐이에요. 하지만 제가 해명할 의무가 있는 사람은 딱 한 사람이고, 그건 저예요.

제가 어려움을 겪을 때, 다른 사람들도 아빠도 모두 눈과 귀를 닫고 저를 외면했어요. 저한테 온 건 시끄럽게 굴지 말라는 꾸지람뿐이었죠. 제가 시끄럽게 군 건 우울함에서 벗어나기 위해서였어요. 제가 과도한 자신감을 보인 건 내면의 목소리를 듣기 싫어서였어요. 저는 지난 1년 반 동안 하루도 빼놓지 않고 날마다 연극을 했어요. 저는 불평한 적도, 가면을 벗은 적도 없지만, 이제…… 전투는 끝났고, 제가 이겼어요! 저는 몸도 마음도 모두 독립했어요. 이제 엄마도 필요 없고, 그동안의 고투를 통해 더 강한 사람이 되었어요.

전투가 끝나고 제가 이겼다는 걸 알기 때문에, 저는 저만의 길, 저한테 맞다고 생각하는 길을 가고 싶어요. 저를 열네 살로 보지 마세요. 이 모든 고통이 저를 나이보다 성숙하게 만들었으니까요. 제 행동을 후회하지 않아요. 제가 옳다고 여기는 대로 행동할 거예요.

어떤 설득도 제가 위층에 가는 걸 막을 수 없어요. 아빠는 아예 그 일을 금지하거나 아니면 저를 무조건 믿어 주거나 둘 중 하나뿐이에요. 하지만 제발 간섭하지 마세요!

1944년 6월 14일, 수요일

키티에게

머릿속에 온갖 소망, 생각, 비난, 질책이 소용돌이쳐. 나는 사람들 생각만큼 자만하는 성격이 아니야. 나도 내가 단점과 문제가 많다는 걸 누구 못지않게 잘 알지만, 한 가지 다른 점이 있어. 나는 그걸 바꾸고 싶고, 바꿀 거고, 이미 많이 바꾸었다는 거야!

왜 다른 사람들은 내가 야단스럽고 잘난 척한다고 생각할까? 내가 그렇게 오만한가? 오만한 게 나일까, 다른 사람들일까? 황당하게 들리겠지만, 나는 이 문장을 지우지 않을 거야. 보기만큼 황당하지 않으니까. 나를 가장 많이 비난하는 건 판 단 부인과 뒤셀 씨인데, 두 분은 지성이라고는 없고, 노골적으로 말하면 진짜 '멍청해!' 멍청한 사람은 다른 사람이 자기보다 잘난 걸 견디지 못해. 가장 좋은 예가 판 단 부인과 뒤셀 씨야. 판 단 부인이 나보고 멍청하다고 하는 건 내가 자기만큼 멍청하지 않아서고, 나더러 야단스럽다고 하는 건 자기가 더 야단스러워서고, 내 치마가 짧다고 뭐라 하는 건 자기 치마가 더 짧기 때문이야. 그리고 나보고 잘난 척한다고 하는 건 자기가 아무것도 모르는 일에 대해 나보다 두 배 이상 떠들기 때문이지. 그건 뒤셀 씨도 마찬가지야. 하지만 "아니 땐 굴뚝에 연기 나랴."라는 속담도 있듯이, 나는 내가 아는 척하는 걸 인정해.

내 성격이 특히 힘든 건 내가 다른 누구보다 나 자신을 더 많이 꾸짖고 욕하기 때문이야. 그런데 여기 엄마까지 한마디 거들면, 질책의 산이 너무 높아져서 그걸 헤치고 갈 일이 아득해져. 그러면 나는 거기 말대답을 하고 모두에게 반론을 펼치다가 "누구도 나를 이해하지 못해!" 하는 익숙한 후렴으로 빠져들고 말지.

이 문장은 내 한 부분이고, 안 그래 보여도 사실 상당한 진실을 담고 있어. 때로 자기비판에 깊이 잠겨 있다 보면, 나는 나를 달래 주는 위안의 말이 그리워. 내 감정을 진지하게 받아들여 주는 사람이 있다면. 아아, 아직 그런 사람을 찾지 못해서 내 탐색은 계속돼야 해.

너는 페터르는 뭐냐고 생각하겠지. 그렇지, 키티? 맞아, 페터르는 나를 사랑해. 하지만 여자 친구로는 아니고 그냥 친구로야. 그의 애정은 나날이 커지지만, 어떤 알 수 없는 힘이 우리를 제자리에 붙들고 있고, 그게 뭔지 모르겠어.

이따금 나는 그에 대한 내 열망이 과장되었다고도 생각해. 하지만 그건 사실이 아냐. 그의 방에 하루이틀만 못 가면, 나는 전처럼 그에 대한 열망이 견딜 수 없이 커져. 페터르는 친절하고 좋은 사람이지만, 그래도 그가 여러 가지로 실망스럽다는 걸 부인할 수는 없어. 특히 종교에 대한 불신, 식탁의 대화, 그 비슷한 여러 가지가 마음에 들지 않아. 그래도 우리는 싸우지 않겠다는 약속을 잘 지킬 거야. 페터르는 평화를 사랑하고, 너그럽고, 침착해. 자기 엄마가 하면 용납하지 않을 말도 나에게는 허락해. 그는 오점 없이 깔끔하게 살려고 노력해. 하지만 왜 자신의 깊은 자아를 감추고 내가 거기 다가가는 걸 막는 거야? 물론 그는 나보다 훨씬 폐쇄적인 성격이지만, 내 경험을 통해서 보면 (물론 내가 모든 걸 이론으로만 알고 현실은 모른다고 비난받기는 하지만) 말수가 적은 사람들도 어느 정도 시간이 지나면 마음을 터놓을 사람을 똑같이, 아니 더 강하게 열망하거든.

페터르도 나도 모두 별채에서 사색의 세월을 보냈어. 우리는 미래, 과거, 현재의 이야기를 자주 하지만, 이미 말했듯이 진짜가 빠져 있어. 그리고 나는 그게 세상에 존재한다는 걸 알아!

1944년 7월 6일, 목요일

키티에게

페터르가 범죄자 아니면 도박꾼이 되고 싶다고 말할 때면 등골이 서늘해져. 그건 물론 농담이지만, 그래도 나는 그가 자신의 나약함을 두려워한다는 느낌이 들어.

마르고트와 페터르는 늘 나에게 말해.

"나에게 너 같은 활력과 정신력이 있다면, 너 같은 추진력과 지칠 줄 모르는 에너지가 있다면……."

내가 남의 말에 휘둘리지 않는 게 그렇게 대단한 건가? 내 양심의 명령에 따르는 내 방식이 맞는 건가?

솔직히 나는 누가 "나는 약해." 하고 말하고, 계속 그 상태를 유지하는 걸 이해할 수 없어. 자신에 대해 안다면 왜 그걸 극복하려고 노력하지 않아? 왜 성격을 발전시키지 않아? 그 답은 늘 똑같아. "안 변하는 게 훨씬 편안하니까!" 이런 대답을 들으면 기운이 좀 빠져. 그렇다면 거짓되고 게으른 인생은 편안하다는 건가? 아냐, 그럴 리 없어. 사람들이 그렇게 쉽게 편안함…… 그리고 돈에 굴복할 리 없어. 나는 어떻게 해야 페터르가 자신을 믿고, 또 무엇보다 스스로 발전하려는 의욕을 품게 만들 수 있을까 하는 생각을 많이 했어. 내가 제대로 하고 있는 건지 어쩐지 모르겠어.

나는 전에는 누가 나에게 자신의 모든 것을 털어놓으면 얼마나 좋을까 하는 생각을 자주 했어. 하지만 그런 상황을 겪고 보니, 다른 사람의 입장을 이해하고, 올바른 대답을 찾는 일이 정말로 어렵다는 걸 깨달았어. 특히 '편안함'과 '돈'이란 나에게는 너무 낯선 개념이라서.

페터르는 점점 나에게 기대고 있는데, 나는 어떤 상황에서도 그걸 원하지 않아. 자신을 지탱하며 서 있는 것만도 힘든데, 자기 인격과 영혼에 대한 충실함까지 유지하려면 더 힘들어.

나는 여러 날 동안 망망대해를 떠돌면서 '편안함'이라는 어이없는 말의 대항마를 찾아보았어. 그 길이 아무리 편하고 그럴듯해 보여도, 결국은 깊은 수렁으로 이어진다는 걸 그에게 어떻게 설명할 수 있을까? 거기 내려가면 친구도 응원도 아름다움도 찾을 수 없고, 다시는 표면으로 못 올라올지도 모른다는 걸?

우리는 모두 살아 있지만, 삶의 이유도 목적도 몰라. 우리는 모두 행복을 찾고 있어. 그리고 모두 다르면서도 같은 인생을 살고 있어. 우리 셋은 다 좋은 가정에서 자랐어. 교육을 받고 성공할 수 있는 기회를 받았어. 우리는 얼마든지 큰 행복을 소망할 수 있지만…… 그건 획득해야 하는 거야. 편안한 도피를 통해서는 그걸 성취할 수 없어. 행복을 획득하려면 선행을 하고 성실하게 일해야지, 도박을 하거나 나태하게 뒹구는 건 그 방법이 아니야. 나태함은 유혹적일지 몰라도, 성실한 노동만이 진정한 만족을 줄 수 있어.

나는 일하기 싫어하는 사람들을 이해할 수 없지만, 페터르의 문제는 그것도 아니야. 그는 그냥 목표가 없고, 거기다 자기는 멍청하고 모자라서 아무것도 성취할 수 없다고 생각해. 불쌍한 페터르, 그는 다른 사람에게 행복을 주는 느낌도 모르고, 안타깝게도 내가 그걸 가르칠 수는 없어. 그는 신앙심이 없고, 예수 그리스도를 비웃고, 하느님의 이름을 함부로 불러. 나도 정통 신자는 아니지만, 그가 그렇게 고독하고 냉소적이고 자신 없는 걸 볼 때마다 가슴이 아파.

신앙심이 있는 사람들은 자신의 신앙심에 기뻐해야 돼. 더 높은 차원을 믿는 능력이 모두에게 있는 건 아니니까. 종교를 갖는다고 굳이 영원한 징벌을 두려워하며 살 필요도 없어. 연옥, 천국, 지옥의 개념은 받아들이기 어려운 사람이 많지만, 종교 자체는 어떤 종교건 우리를 올바른 길로 인도해. 하느님에 대한 두려움이 아니라 명예감과 양심을 통해서. 사람들이 하루를 마칠 때마다 자기 행동을 돌아보고 옳고 그른 것을 판단한다면, 모두의 삶이 얼마나 고결하고 선량해질까? 그러면 하루가 밝을 때마다 자동적으로 더 발전하려고 노력하게 되고, 그렇게 시간이 지나면 아주 많은 게 쌓이게 돼. 이 방식은 모두에게 적용돼. 돈도 안 들고 효과가 확실해. 이걸 모르는 사람들은 경험을 통해서 '조용한 양심이 힘이 된다.'라는 걸 깨달아야 할 거야.

1944년 7월 15일, 토요일

키티에게

도서관에서 《젊은 현대 여성을 어떻게 생각하는가?》라는 도전적인 제목의 책이 왔어. 오늘 이 주제에 대해서 이야기하고 싶어.

작가는 '오늘날의 젊은이'들을 혹독하게 비판해. 하지만 '희망이 없다.'라고 단정 짓지는 않아. 반대로 그들은 더 훌륭하고 아름다운 세상을 건설할 힘이 있는데, 진정한 아름다움을 외면하고 얄팍한 데 몰두하고 있다고 해. 어떤 구절은 꼭 나를 비판하는 것 같았어. 그래서 너에게 내 마음 깊은 곳의 생각을 밝히고, 그런 비난을 반박해 보려고 해.

내게는 나를 약간이라도 겪은 사람이라면 모두 알 만한 큰 특징이 하나 있어. 자신에 대해서 많은 걸 안다는 거야. 나는 외부인처럼 내가 하는 모든 일을 관찰해. 일상 속 안네에게서 한 걸음 물러서서 편견도 핑계도 없이 그 아이가 하는 좋은 일, 나쁜 일 모두를 관찰할 수 있어. 이런 자기 관찰의 시선은 나를 떠나는 일이 없어서, 내가 입을 열 때마다 나는 "다른 방식으로 말했어야지." 또는 "괜찮은 방식이었어." 하고 말해. 내가 나를 워낙 많이 비판하다 보니까, 나는 아빠가 자주 하는 "아이는 제 힘으로 큰다."라는 말의 의미를 알 것 같아. 부모는 아이들에게 조언을 해 주거나 방향을 가르쳐 줄 수 있을 뿐이야. 사람의 성격을 만드는 건 결국 자기 자신이야. 거기 더해서 나는 인생에 아주 용감하게 맞서. 나는 정신력도 강하고, 무거운 짐을 감당할 능력이 있고, 어리고 자유로워! 이 사실을 깨달았을 때 나는 기뻤어. 내가 인생에서 마주칠

시련을 더 잘 견뎌 낼 거라는 뜻이니까.

하지만 이런 일은 이미 여러 번 말했어. 이제 내가 하고 싶은 이야기에 제목을 붙이면 〈아빠와 엄마는 나를 이해하지 못한다〉야. 우리 부모님은 내게 많은 것을 주셨고, 친절을 베풀고, 판 단 씨 부부의 공격을 막아 주고, 부모가 할 수 있는 모든 걸 다 해 주셨어. 하지만 나는 오랫동안 외로움과 소외감, 답답함을 느꼈어. 아빠는 내 반항심을 잠재우려고 별의별 시도를 다 했지만 소용없었어. 나는 스스로 내 행동을 살펴보고 잘못을 찾는 방식으로 나를 고쳐 왔어.

왜 아빠는 내 노력을 지지해 주지 않았을까? 왜 나를 도와주려는 시도에 실패했을까? 그건 아빠의 방식이 잘못됐기 때문이야. 아빠는 나를 항상 반항의 시기를 지나는 아이로 보았어. 정말 황당한 건, 나에게 자신감을 불어넣어 주고 내가 스스로 합리적인 사람이라고 느끼게 해 준 사람이 아빠라는 거야. 하지만 아빠는 한 가지를 놓쳤어. 나에게는 어려움을 극복하려는 노력이 무엇보다 중요하다는 걸 몰랐어. 나는 "청소년기의 전형적 문제"라거나 "다른 여자애들" 또는 "나이가 들면 달라질 거야." 같은 말이 듣기 싫었어. 나는 '다른 여자애들과 똑같은 아이'가 아니라 '안네라는 독자적인 아이'로 대접받고 싶었는데, 아빠는 그걸 몰랐어. 게다가 나는 나한테 자기 얘기를 많이 하는 사람에게만 내 속을 털어놓을 수 있는데, 아빠에 대해서는 아는 게 거의 없기 때문에 더 친밀한 사이로 발전할 수가 없어. 아빠는 한때 나와 같은 충동을 겪었지만 이제는 어떻게 해도 나와 친구 같은 사이는 될 수 없는 연로한 아버지 같아. 그래서 내가 인생에 대한 견해나 사람들에 대한 깊은 생각을 털어 놓는 상대는 오직 일기, 그리고 가끔 마르고트뿐이야. 나는 내 모든 걱정을 아빠에게서 숨겼고, 내 꿈을 보여 주지도 않았고, 일부러 아빠와 거리를 두었어.

다른 방식은 불가능했을 거야. 나는 오직 내 느낌만을 지침으로 삼았어. 이기적이었지만, 그게 내 마음의 평화를 얻는 데 가장 좋은 방법이었어. 내가 중간에 비판에 맞닥뜨리면, 그 평화도 잃고, 힘들게 얻은 자신감도 잃을 거야. 냉혹할지 몰라도, 나는 아빠의 비판도 받아들일 수 없어. 나는 마음속 깊은 생각을 아빠하고 이야기하지 않을 뿐 아니라, 짜증스런 행동으로 아빠를 더 멀리 밀쳐 내기까지 했으니까.

나는 아빠가 왜 그토록 미운 걸까 하는 생각을 꽤 자주 해. 아빠가 학교 공부를 가르쳐 주는 것도 싫고, 아빠의 다정한 태도도 억지처럼 느껴져. 나는 혼자 있고 싶고, 내가 아빠와 좀 더 당당하게 이야기할 수 있을 때까지 아빠가 나를 모른 척했으면 좋겠어! 하지만 전에 화가 나서 아빠한테 쓴 편지는 너무 심해서 아직도 죄책감이 느껴져. 아, 모든 일을 용감하게 하기는 참 힘들어!

하지만 내 가장 큰 실망은 그게 아니야. 나는 아빠보다 페터르를 훨씬 더 많이 생각해. 나는 그가 내게 온 게 아니라 내가 그에게 다가갔다는 걸 알아. 나는 내 마음속에 페터르의 이미지를 만들고, 그를 우정과 사랑을 갈망하는 조용하고 다감하고 섬세한 소년으로 포장했어! 나는 내 감정을 살아 있는 사람에게 쏟아 내고 싶었어. 나와 함께 길을 찾을 친구를 갖고 싶었어. 그리고 계획에 성공해서 그를 천천히 하지만 확실하게 끌어당겼지. 내가 그를 친구로 만들자, 그 일은 자동적으로 (지금 생각하면 잘못된) 친밀감으로 발전했어. 우리는 아주 사적인 이야기를 많이 했지만, 그러면서도 내 가장 소중한 이야기는 하지 못했어. 나는 아직도 페터르를 잘 몰라. 그는 얄팍한가? 아니면 수줍은 성격 때문에 나하고 있을 때조차 그렇게 주저하는 건가? 하지만 그건 빼더라도 나는 한 가지 실수를 했어. 나는 친밀감을 이용해서 그에게 다가갔고, 그 과정에서 다른 우정의 가능성들을 지워 버렸어. 그는 사랑받고 싶어 하고, 이제 날이 갈수록 나를 더 좋아하고 있어. 우리가 함께 있으면 그는 더 바라는 게 없지만, 나는 처음부터 다시 시작하고 싶어져. 그래서 정말로 하고 싶은 이야기는 꺼내지 않아. 나는 페터르를 그도 잘 모르게 내게 끌어당겼는데, 이제 그가 나한테 매달리고 있어. 솔직히 어떻게 하면 그를 떼어 내서 혼자 서게 할 수 있을지 모르겠어. 나는 그가 나하고 같은 부류가 될 수 없다는 걸 일찍 깨달았지만, 그래도 그가 좁은 세계를 떨치고 나와서 자신의 젊은 지평을 넓히게 도와주려고 했어.

"젊은이들의 내면은 노인보다 더 외롭다."

어느 책에서 읽은 이 구절이 잊혀지지 않아. 내가 아는 한 이 말은 진실이야.

그러니까 이곳에서 어른들이 아이들보다 더 힘드냐고 묻는다면, 그 대답은 결코 그렇지 않다야. 어른들은 모든 일에 자기 생각이 있고, 스스로에 대해서도 자신의 행동에 대해서도 잘 알아. 우리처럼 어린 사람들은 지금처럼 이상이 박살 나고, 인간 본성의 최악의 측면이 세상을 뒤덮고, 모두가 진실과 정의와 하느님을 의심하는 이런 시절에는 자기 의견을 간직하기가 두 배로 힘들어.

별채에서 어른들이 더 힘들다고 말하는 사람은 문제가 생기면 우리가 훨씬 더 큰 영향을 받는다는 걸 몰라. 우리는 그런 문제를 감당하기에는 너무 어리지만, 문제가 계속 들이닥치니까 어쩔 수 없이 해결책을 찾아보게 돼. 하지만 우리가 생각한 해결책들은 대부분 현실 앞에서 무너지지. 이런 시대에는 이상, 꿈, 희망이 솟아올라도 가혹한 현실 앞에 부서지기 때문에 그런 일이 어려워. 내가 내 이상을 전부 저버리지 않은 게 놀라워. 모든 게 너무도 황당하고 비현실적으로 보이는데 말이야. 하지만 나는 현실은 이래도 아직 사람들의 진심은 선하다고 믿기 때문에 그걸 놓지 않고 있어.

혼돈, 고통, 죽음의 토대 위에 내 인생을 건설할 수는 없어. 나는 황폐해지는 세상이 보이고, 우리까지 파괴하려고 다가오는 천둥 소리가 들리고, 수백만 명의 고통이 느껴져. 하지만 하늘을 보면 왠지 모든 게 다 잘될 것 같아. 이런 잔혹함은 곧 끝나고, 평화와 평온이 다시 찾아올 것 같아. 그때까지 내 이상을 간직하고 있어야 해. 내가 그걸 실현할 날이 올지도 모르니까!

1944년 7월 21일, 금요일

키티에게

난 드디어 낙관주의자가 되고 있어. 정말로 상황이 좋아지고 있거든! 좋은 소식을 전할게! 히틀러 암살 시도가 있었고, 이번 사건은 유대인 공산주의자나 영국 자본가가 아니라 독일 장군이 주도한 거였어. 그 사람은 또 젊은 백작이었어. 총통은 '신의 섭리'로 목숨을 건졌어. 안타깝게도 약간의 화상과 찰과상만 입고 피신했어. 근처에 있던 장교와 장군들은 수두룩하게 죽고 다쳤지. 암살 주동자는 총살됐어.

이건 이제 많은 장교와 장군들도 전쟁에 질렸고 히틀러를 없애고 싶어 한다는 증거야. 그들은 그런 뒤 군사 독재 정권을 세우고, 연합국과 휴전하고, 재무장을 해서, 몇십 년 후에 다시 전쟁을 일으키고 싶어 해. 아마 섭리가 일부러 히틀러를 살려 두고 있는지도 몰라. 완벽한 독일인들이 서로를 죽이면 연합국은 힘도 덜 들고 돈도 덜 쓸 수 있으니까. 그렇게 되면 러시아나 영국은 짐이 가벼워지고, 자기 나라를 훨씬 더 빨리 재건할 수 있을 거야. 하지만 우리는 아직 거기 이르지 못했고, 나는 멋진 사건을 기대하고 싶지는 않아. 하지만 너도 내가 지금 100퍼센트 진실만 말하고 있는 걸 알아챘을지 모르겠다. 나는 지금 처음으로 고귀한 이상에 대해 떠들지 않고 있어.

거기다 히틀러는 친절하게도 자신의 충성되고 헌신적인 국민들에게 오늘 이후로 군 인력도 게슈타포의 명령을 받아야 하고, 군인들은 자기 상관이 암살 시도에 관련된 걸 알게 되면 그 자리에서 사살해도 된다는 포고를 내렸어!

얼마나 난장판이 되겠어. 오랜 행군으로 발이 아픈 병사에게 지휘관이 호통을 치면, 병사는 총을 들고 "당신은 총통을 암살하려고 했어. 받아라!" 하면 돼. 총 한 방이면 병사를 꾸짖은 오만한 장교는 영원한 생명을 얻지. (아니 영원한 죽음인가?) 장교들은 이제 부하들에게 명령을 내릴 때 벌벌 떨게 될 거야. 병사들의 목소리가 장교보다 더 커졌으니까.

내가 정신없이 이 얘기 저 얘기 떠든 것 같은데 어지럽지 않았니? 하지만 어쩔 수가 없어. 10월에 학교에 간다고 생각하면 너무 기뻐서 논리적으로 생각하기가 힘들어! 내가 앞에서 멋진 사건을 기대하고 싶지 않다고 말했던가? 용서해 줘 키티, 사람들이 나를 '모순 덩어리'라고 부르는 것도 다 이유가 있다니까!

1944년 8월 1일, 화요일

키티에게

지난번 편지 끝에 '모순 덩어리'라는 말을 썼는데, 이번에는 시작부터 그 말을 써야겠어. '모순 덩어리'라는 게 무슨 뜻인지 아니? '모순'이란 무엇일까? 그건 두 가지 상반되는 특징이 충돌하는 걸 가리키고, 그게 바로 내 깊은 비밀이야.

여러 번 말했듯이 나는 두 측면으로 나뉘어 있어. 한쪽 측면의 나는 쾌활하고, 당돌하고, 에너지 넘치고, 무엇보다 상황의 가벼운 면을 즐길

줄 알아. 이런 나는 남자들과 장난을 치거나 키스, 포옹, 점잖지 못한 농담을 하는 일이 어색하지 않아. 그리고 이 측면은 항상 숨어서 기다리면서 내 다른 측면을 공격해. 내 두 번째 측면은 훨씬 순수하고 깊고 섬세해. 아무도 안네의 이 좋은 측면을 모르고, 그래서 많은 사람이 나를 못마땅해해. 나는 한나절 정도 유쾌한 광대가 될 수 있지만, 그러면 사람들은 한 달치의 나를 다 봤다고 생각해. 실제로 그건 깊은 사상가에게 로맨틱한 영화 같은 거야. 가벼운 오락, 낄낄거리는 막간극, 금방 잊어버리는 이야기지. 나쁘지는 않지만 특별히 좋은 것도 아니야. 이런 말을 하는 게 싫지만, 사실이니 인정 못 할 것도 없어. 내 가볍고 얄팍한 측면은 항상 깊은 측면을 따돌리고 앞자리를 차지해. 안네라는 아이의 절반일 뿐인 이런 안네를 억누르려고 그동안 내가 얼마나 노력했는지 너는 모를 거야. 하지만 그 일은 성공하지 못했고 나는 그 이유를 알아.

나는 나를 평소의 모습으로 아는 사람들이 내 다른 측면, 더 성숙하고 섬세한 측면을 알게 될까 두려워. 나를 비웃고, 비극의 주인공인 척한다고 생각하고, 내 말을 진지하게 받아들이지 않을까 봐. 나는 진지한 대접을 받지 못하는 데 익숙하지만, 거기 익숙하고 그걸 참을 수 있는 건 '가벼운 안네'뿐이야. '깊은 안네'는 연약해. 내가 성숙한 안네를 억지로 끌어내서 15분이라도 조명을 비추면, 그 아이는 말할 필요가 생기는 순간 조개처럼 입을 딱 다물고 안네 1번에게 그 일을 맡긴 뒤, 나도 모르는 새 사라지고 말 거야.

그래서 깊은 안네는 사람들 앞에 보이지 않아. 한 번도 나타난 적 없

어. 하지만 내가 혼자 있을 때는 대부분 그 안네가 무대를 차지해. 나는 내면의 내가 어떤 상태인지, 어떤 모습이 되고 싶은지 잘 알아. 하지만 안타깝게도 그런 모습은 나만 알고 있지. 아마 그래서, 아니 분명히 그 이유로 나는 나의 내면이 행복하다고 생각하는데, 다른 사람들은 내가 겉으로 행복하다고 생각하는 걸 거야. 나는 내면의 순수한 안네가 인도하지만, 겉으로 보면 답답하다고 목줄을 당기는 시끄러운 아기 염소일 뿐이야.

이미 말했듯이, 나는 내 진정한 감정을 말하는 일이 없어. 그래서 나는 남자한테 꼬리 치고, 잘난 척하고, 로맨스책에 빠져 사는 아이라는 평판을 얻었어. 명랑 소녀 안네는 낄낄대고. 경박하게 대답하고, “알 게 뭐야?” 하고 돌아서. 조용한 안네는 그 정반대야. 솔직히 말하면, 내가 나를 바꾸려고 열심히 노력하기는 하지만 늘 더 강력한 적과 맞서야 해서 힘들다는 걸 인정하지 않을 수 없어.

내 내면의 목소리가 흐느끼면서 말해.

“자 봐, 이렇게 됐어. 너는 온통 부정적 평가, 짜증 난 얼굴, 놀리는 표정, 널 싫어하는 사람들에 둘러싸여 있고, 이건 다 네가 ‘성숙한 절반’의 말을 듣지 않아서야.”

하지만 아냐. 나도 그쪽의 말을 듣고 싶지만, 그런 방법은 안 통해. 내가 조용하고 진지해지면 사람들은 또 무슨 꿍꿍이가 있다고, 장난을 치려고 그런다고 생각하고, 우리 식구는 더 나아가서 내가 아프다고 아스피린과 진정제를 잔뜩 먹이고, 목과 이마를 짚으며 열이 있는지 알아

보고, 배변에 대해 묻고, 우울해한다고 나무라겠지. 나는 결국 그 모든 걸 참을 수 없게 될 거야. 모두가 내 옆을 맴돌면 나는 귀찮다가 슬퍼지고, 결국 다시 결심을 뒤집어서 나쁜 면을 밖에 꺼내고 좋은 면을 안에 넣은 채 '내가 되고 싶은 나, 내가 될 수 있는 나'를 실현할 방법을 탐색할 거야……. 하지만 그런 나는 이 세상에 다른 사람 없이 온전히 혼자일 때만 실현될 수 있어.

3일 뒤, 비밀 별채로 게슈타포가 들이닥치면서

안네의 일기는 여기서 끝났다.

《안네의 일기》 깊게 읽기

하나. 은신처의 발각

둘. 나치와 홀로코스트

셋. 이루어진 꿈

넷. 안네 프랑크 연표

은신처의 발각

1944년, 안네와 은신처 식구들은 희망에 부풀었다. 독일을 향한 연합군의 공격이 거세지면서, 전쟁이 곧 연합국의 승리로 끝날 거라고 기대했다. 유대인을 탄압하는 독일이 패배하면 더 이상 숨어 살 필요는 없을 것이었다. 안네는 자유로운 삶을 되찾으면 다시 학교에 다니며 공부할 수 있을 거라고 생각하며 일기를 썼다.

무너진 희망

기대했던 바와 달리 이들에게 그런 기쁜 순간은 찾아오지 않았다. 1944년 8월 4일 아침, 10시에서 10시 30분 사이. 프린선흐라흐트 263번지 앞에 차 한 대가 섰다. 안네 일행이 숨어 있는 건물이 있는 장소였다. 밀고한 사람이 누구인지는 아직까지 밝혀지지 않았다. 나치 친위대 요제프 실베르바우어와 경찰들이 들이닥쳤고, 은신처는 발칵 뒤집혔다. 안네가 마지막 일기를 쓴 8월 1일로부터 3일 뒤의 일이었다.

아우슈비츠 수용소의 모습

은신처에 있던 여덟 명은 모두 체포되어 네덜란드 암스테르담 감옥으로 끌려갔다. 그들을 도와주었던 빅토르 쿠글러와 요한네스 클레이만도 체포되었다. 은신처의 여덟 명은 암스테르담 감옥에서 1944년 9월 3일에 베스테르보르크(네덜란드 북부의 유대인 중간 수용소)로, 그리고 다시 폴란드 아우슈비츠로 옮겨졌다.

안네의 죽음

1944년 10월 말에서 11월 초, 안네는 언니 마르고트와 함께 베르겐벨젠 수용소로 옮겨졌다. 이듬해 겨울까지 베르겐벨젠 수용소에는 티푸스라는 전염병이 유행했다. 위생적이지 않은 수용소 환경과 굶주림 때문이었다. 수천 명의 포로들이 티푸스로 죽음을 맞았다. 안네와 마르고트도 이 병에 걸려 며칠 간격으로 세상을 떠났다.

마르고트가 먼저 눈을 감았고, 안네는 2월 말이나 3월 초에 죽은 것으로 추정된다. 수용소가 해방되기 약 한 달 전의 일이었고, 당시 안네의 나이는 열다섯 살이었다. 안네 자매의 시신은 다른 포로들의 시신과 함께 집단 무덤에 던져졌다.

오늘날 베르겐벨젠 수용소에는 안네와 마르고트의 공동 기념비가 서 있다. 1999년 6월에 세워진 비석이다.

나치와 홀로코스트

나치 깃발을 든 군인들

나치에 충성을 표시하는 사람들
개성 없이 획일적인 모습이다.

독일은 1933년 나치와 히틀러가 정권을 잡은 뒤 1939년에 제2차 세계 대전을 일으켰다. 파시스트당인 나치는 반민주주의, 반공산주의, 반유대주의를 내세우며 1919년에 결성되었고, 히틀러는 나치의 우두머리였다. 파시스트는 극단적인 국가주의자를 뜻하는데, 개인보다 국가를 중요시한다. 국가의 이름으로 독재를 하며 개인의 복종을 강요한다. 또한 자국의 이익을 강조하여 다른 나라의 침략을 정당화한다는 특징이 있다.

나치는 독일과 독일인의 우월함을 강조했다. 독일 민족의 우월한 혈통을 지키기 위해 유대인, 집시, 장애인, 혼혈, 동성애자 등을 차별했다. 그중 한 민족 전체를 말살시키려고 한 유대인 탄압이 가장 널리 알려져 있다. 안네의 일기에서도 확인할 수 있는 것처럼, 유대인들에게는 가슴에 노란 별을 달게 했고, 교통수단이나 체육 시설 이용을 금지하는 등

생활 면에서 제약을 두었다. 차별은 점점 심해져 무차별 폭력과 집단 학살에까지 이르렀다.

대표적인 사건 하나가 1938년 11월 9일에 일어난 '수정의 밤' 사건이다. 나치 단체 회원들은 도끼와 쇠망치로 무장하고 유대인들의 상점, 예배당, 개인 주택 등을 공격했다. 거리에 흩어진 깨진 유리 조각들을 수정에 빗대어 수정의 밤이라는 이름이 붙었다. 이 일을 계기로 독일의 유대인들은 외국으로 더 많이 이주하게 되었다.

독일인들이 반유대주의에 동조했던 까닭은 경제 불황과 관련 있다. 당시 독일은 제1차 세계 대전의 패배와 대공황으로 어려움을 겪고 있었다. 히틀러와 나치는 경제 불황을 초래한 것이 유대인이라고 주장했다. 정권을 잡기 위해 유대인을 희생양으로 삼아 이용한 것이다. 생활고에 지친 독일인들은 분노를 유대인에게 표출하기 시작했다. 독일 내에서 반유대주의가 확산되면서 히틀러와 나치는 정권을 잡을 수 있었다.

안네 프랑크의 집이 있는 네덜란드 암스테르담

유대인이 가슴에 달던 별

홀로코스트는 원래 사람이나 동물을 대량으로 죽이는 일을 말하는데, 제2차 세계 대전 중 나치 독일이 저지른 대학살 그 자체를 뜻하기도 한다. 전쟁 동안 600만 명의 유대인과 500만 명이 넘는 집시, 장애인, 소수 민족 등이 죽임을 당했다.

나치는 자신들의 기준에 부합하지 않는 사람들을 집단 수용소에 가두었다. 비밀경찰인 게슈타포는 유대인을 비롯해 집시, 장애인, 혼혈인, 동성애자 등을 체포했고, 나치에 반대하는 사람들도 탄압했다. 수용소에 갇힌 많은 사람이 병으로 죽거나 가스실에서 죽었다.

나치의 홀로코스트는 1945년 독일이 전쟁에서 패하면서 나치가 몰락할 때까지 계속되었다. 1945년 5월, 독일이 항복하면서 강제 수용소로 끌려간 생존자들도 풀려날 수 있었다.

희생자들을 기리기 위해 만들어진 홀로코스트 메모리얼(독일 베를린)

이루어진 꿈

나치에 잡혀갔던 은신처의 여덟 사람 중 살아남은 사람은 안네의 아버지인 오토 프랑크, 한 사람뿐이었다.

헤르만 판 펠스(판 단 씨)는 1944년 10월 또는 11월에 가스실에서 죽었고, 페터르 판 펠스는 1945년 1월 16일에 죽음의 행군에 참여했다가 같은 해 5월 5일에 숨졌다. 아우구스트 판 펠스(판 단 부인)도 정확한 날짜는 알 수 없으나 전쟁이 끝나기 전에 세상을 떠났다. 프리츠 페퍼(뒤셀 씨)는 1944년 12월 20일에, 안네의 어머니 에디트 프랑크는 1945년 1월 6일, 기아와 탈진으로 안네와 마르고트보다 먼저 눈을 감았다.

1945년 6월, 네덜란드로 돌아온 오토 프랑크는 딸들이 이미 세상을 떠났다는 소식을 듣게 됐다. 그리고 미프로부터 안네가 쓴 일기장을 건네받았다. 안네 일행이 잡혀간 후 은신처에 갔던 미프는 안네의 일기를 발견하고 소중하게 보관해 왔다.

오토 프랑크는 안네의 일기를 보고 출간을 결심했다. 전쟁과 인종차별의 참상을 알리기 위해서였다.

1947년 6월, 일기는 안네가 원하던 대로 《비밀 별채(Het Achterhuis)》[17]라는 제목을 달고 네덜란드에서 처음 출간되었다. 1944년 3월, 안네가 일기를 토대로 책을 쓸 것을 결심한 때로부터 3년 뒤의 일이었다. 이후 1950년에는 안네가 태어난 나라이자 안네를 죽음으로 몰아넣었던 나라, 독일에서도 출간되었다. 같은 해에 프랑스에서, 그 이후 1952년에는 영국과 미국에서, 1954년에는 우리나라에서도 출판되며 세계에 널리 알려졌다. 또한 영화, 드라마, 연극으로도 만들어졌다. 이로써 유명한 작가가 되고자 했던 안네의 꿈이 죽은 후에나마 이루어졌다.

기자, 작가가 되는 것이 꿈이었던 안네의 재능은 일기에서 잘 드러난다. 안네는 은신처 사람들의 생활과 갈등을 생생하게 묘사하기만 한 것이 아니다. 여러 책에 대한 서평도 썼고, 세상에 대한 자신의 관점도 솔직하게 표현했다. 전쟁, 차별, 사회 세태를 바라보는 날카로운 시각과 비판 정신에서 미래의 기자로서의 면모가 잘 드러난다. 사랑에 빠진 심리와 자연을 향한 갈망, 내적 불안에 대한 묘사 등에서는 풍부한 시적 표현이 나타나, 문학적인 재능도 엿볼 수 있다.

---

17) '은신처'라고도 번역한다.

《안네의 일기》는 여러 면에서 높은 가치가 있다고 평가받는다. 우선 《안네의 일기》는 홀로코스트 문학의 대표 작품으로 꼽힌다. 나치를 피해 숨어 지냈던 체험, 전쟁의 참상, 당시 유대인들의 처지 등에 대해 담은 수기이기 때문이다. 이처럼 역사 기록물로서의 가치가 높아 2009년에는 유네스코 세계기록유산으로 등재되었다.

아울러 청소년 문학으로서의 가치도 인정받고 있다. 십 대의 성장 과정을 잘 담고 있어서이다. 부모 세대와의 갈등, 또래 친구를 원하는 마음, 자신의 꿈과 목표를 세우고자 하는 열망 등에서도 볼 수 있듯, 성장에서 오는 고민이 잘 표현되어 있다.

그렇다고 《안네의 일기》가 역사학자나 아동·청소년만을 위한 책은 아니다. 누구에게나 있지만 쉽게 드러낼 수 없는 외로움, 분노, 불안 같은 감정을 진솔하게 적고 있어 공감과 카타르시스를 주기 때문이다. 또한 어른 못지않게 성숙한 사고와 용기 있는 자기 성찰의 태도는 오늘을 살아가는 우리에게 많은 감동을 준다.

안네의 방을 복원한 모습

안네 동상

안네 프랑크 연표

1929년

6월 12일 안네 프랑크, 독일 프랑크푸르트 암 마인에서 태어남.

1933년

1월 히틀러, 독일 수상이 됨.

9월 안네의 아버지와 어머니, 네덜란드 암스테르담으로 이주.

안네와 마르고트, 아헨에 있는 외가로 이동.

12월 마르고트, 네덜란드로 이주.

1934년

2월 안네, 네덜란드로 이주.

3월 몬테소리 유치원 입학.

1938년

11월 독일과 오스트리아에서 유대인 대학살(수정의 밤) 발발.

1939년

9월 독일, 폴란드 침공. 제2차 세계 대전 발발.

1940년

5월 독일, 네덜란드 침공.

네덜란드 항복.

나치, 네덜란드에 반유대인 법 도입.

1941년

여름 안네, 독일의 명령에 따라 유대인 학교로 옮김.

1942년

5월 나치의 명령으로 유대인들은 가슴에 노란색 별을 달고 다니게 됨.

6월 12일 안네, 일기장을 선물받음.

7월 5일 마르고트, 나치의 소집 통지를 받음.

7월 6일 안네 가족, 은신처로 피신.
7월 13일 은신처에 판 펠스(판 단) 가족 합류.
11월 16일 은신처에 프리츠 페퍼(뒤셀) 합류.

1944년

3월 안네, 전쟁 기록물을 보관하라는 방송을 듣고 일기를 고쳐 쓰기 시작.
8월 1일 안네, 마지막 일기를 씀.
8월 4일 은신처 발각.
은신처의 여덟 사람, 네덜란드의 임시 수용소로 이송.
9월 안네, 폴란드 아우슈비츠로 이송.
10월 말-11월 안네와 마르고트, 독일 베르겐벨젠 수용소로 이송.

1945년

1월 6일 안네의 어머니, 세상을 떠남.
1월 27일 안네의 아버지, 아우슈비츠에서 풀려남(은신처 사람 중 유일한 생존자).
2월 말-3월 초 마르고트, 장티푸스로 세상을 떠남.
안네, 장티푸스로 세상을 떠남.
5월 7일 독일 항복.

1946년

6월 미프, 안네의 아버지에게 일기 전달.
네덜란드에서 《비밀 별채》라는 이름으로 안네의 일기가 출간됨.

1960년

5월 3일 은신처가 박물관으로 개장됨.

사진출처

셔터스톡_ 230p / 아우슈비츠 내부, 아우슈비츠 외부(Liya_Blumesser) 231p / 기념비(Ronald Wilfred Jansen)
232p / 나치 관련 사진 2개(Everett Historical) 233p / 안네 프랑크의 집(kavalenkava), 유대인 별 배지(Kollawat Somsri)
234p / 홀로코스트 메모리얼(travelview) 236p / 일기 모형(Anton_Ivanov) 237p / 안네 동상(ItzaVU)

위키피디아_ 235p / 책상 앞에 앉은 안네 237p / 안네의 방 복원(JonySniuk)

아르볼 N 클래식

책장 뒤 비밀 공간에서

안네의 일기

1판 1쇄 발행 2019년 12월 30일 | **1판 2쇄 발행** 2021년 4월 30일

글 안네 프랑크 | **그림** 유보라 | **옮김** 고정아
펴낸이 권준구 | **펴낸곳** (주)지학사
본부장 황홍규 | **편집** 김솔지 문지연 | **디자인** 디자인앨리스
제작 김현정 이진형 강석준 방연주 | **마케팅** 송성만 손정빈 윤술옥 이혜인
등록 2010년 1월 29일(제313-2010-24호) | **주소** 서울시 마포구 신촌로6길 5
전화 02.330.5297 | **팩스** 02.3141.4488 | **이메일** arbolbooks@jihak.co.kr
ISBN 979-11-6204-075-1 43800
잘못된 책은 구입하신 곳에서 바꿔 드립니다.

이 도서의 국립중앙도서관 출판예정도서목록(CIP)은 서지정보유통지원시스템 홈페이지(http://seoji.nl.go.kr)와
국가자료종합목록 구축시스템(http://kolis-net.nl.go.kr)에서 이용하실 수 있습니다.(CIP제어번호 : CIP2019050051)

제조국 대한민국 **사용연령** 10세 이상
KC마크는 이 제품이 공통안전기준에 적합하였음을 의미합니다.